いきるりすく

平沼正樹

IKIRU
RISUKU
MASASHIGE
HIRANUMA

SHC

いきるりすく

海は凪いでいた。
風も吹いていない。
それでも海面が波立つのは月の引力のせい。
私は昔父が話してくれた月の秘密を思い出した。
夜空には眩《まぶ》しすぎるほどの満月と数えきれない星々が浮かんでいる。
煌《きら》めく月の光が水面《みなも》に一本の道を作り出していた。
幾つものさざ波が浜辺を這う手のように私の足もとへと近づいてきた。
そのしなやかな手は足首を握りしめるように、私を沖へと誘っている。
抵抗はしない。
私は誘われるままに海面に作り出された一筋の光の道を歩いていく。
足もとに映る無数の星々を覗き込むと、空が遥か下にあるようだった。
暫《しば》らく水面を歩き続けると、海底から数えきれないほどの光が浮かび上がってきた。
その光はまるで漁火《いさりび》のように水平線の彼方まで続いている。
やがて光の一つが海面に顔を出した。

その正体は水くらげだった。
続いて数えきれないほどの水くらげたちがこの星の重力から解放されていった。
彼らはゆらりゆらりと、とても優雅に宙を漂いながら浮上していく。
地球に棲む生物の中で、彼らだけが月の引力の使用を許されているのかもしれない。
月は毎年三センチメートルずつ地球から離れている。
その秘密を、水くらげたちは知っているのだ。
夜空にはあまたの満月が浮かんでいるようだった。
『海月』と書いてくらげと読む。
それも父が教えてくれたことだ。
風はおろか、波のさざめきさえも聞こえなかった。
しかしどこからか音楽が聞こえていた。
耳を澄ませてみると、それは私の体から発せられているようだった。
私は胸の鼓動をリズムにハミングを続けながら水面を歩き続けた。
すると自分の体にも光が宿り始めた。
刹那、私の体は水くらげたちと同じようにゆっくりと浮上した。
くらげには脳と呼ばれる器官は存在しない。

夜空に浮かぶ灯籠のように、神聖な力に身を任せるだけでいいのだ。
私は自分の体が彼らの儀式の一部になれたことが嬉しかった。
夜空を漂ううちに、一際大きな光がこちらへと近づいてきた。
目を凝らしてみたが、それが何かを識別することはできなかった。
しかし水くらげではなさそうである。
ゆらゆらと近づいてくるその光は歪《いびつ》な形をした人魚のようにも見える。
私はもう一度目を凝らし、その顔を覗き込んだ。
だが、それを判別することはできなかった。
見たことがあるはずの顔なのに、それが誰かは分からなかった。
やがてその光は私の体を通り過ぎ、無数の光の中へと消えていった。

第1章　あるアイドルの死

安西京香《あんざいきようか》は男の腕の中で目を覚ました。

青い光が八畳ほどの素っ気ないワンルームの隅で揺らめいている。その光は徐々に減衰していき、やがて闇に飲み込まれる。暗闇からその光を眺めていると、体が深い海に沈んでいくような気分になった。

円柱型の水槽に照らされた光の中で、数桶のくらげが微《かす》かな水流に身を任せて漂っていた。丸いきのこに足が生えたようなカラージェリーという種のそれらは、照明の光を体内に取り込むことで自らの生命を確認しているようにも見える。

京香はベッドサイドテーブルに手を伸ばし、スマートフォンで時間を確認した。時刻は深夜一時を過ぎていた。その内容を思い出すことはできないが、夢を見ていたという自覚はあった。それは十分な睡眠状態にあったという証《あかし》でもある。

京香は胸を撫で下ろすように小さな息を吐いた。

ベッドに視線を戻すと、京香の隣には薄いシーツを纏《まと》った若い男が横たわっている。自分の部屋で、素性もよく分からない男が裸で眠っているのだ。京香は普通ではないこの状況に慣れつつある自分が少し怖くなった。

男の肌の張りや不自然ではない体の締まり具合を見る限り、年齢は自分より少し若いかもしれない。当然成人はしているはずだし、この関係が法に触れるようなものではないことは確かである。だが一縷《いちる》の罪悪感に苛《さいな》まれることもあった。きっと職業病のせいだろう、と京香は自らを諭していた。

男について知っている情報と言えば、翔《しょう》という名前だけだった。それが源氏名ではなく、本名であることは本人から聞いている。翔はいわゆる出張ホストで、風俗店から派遣されてこの部屋を訪れているのだ。彼をこの部屋へ招くのはこれが初めてではない。翔とは、互いの鬱積した感情を打ち明ける程度の仲にはなっていた。しかし京香は翔といかなる性的関係も持っていなかった。

店を介して翔を呼び、互いが全裸になり同じベッドで眠ること、それが京香の要望だからだ。そんな関係がもう半年近く続いていた。今の京香には、誰かの肌の温もりが必要なのだ。

ベッドの軋《きし》みが、翔の目覚めを京香に知らせた。

翔は上半身を起こし、ヘッドボードに寄りかかった。引き締まった体が青白い揺らめきに照らされ、大胸筋の陰影を作り出した。

「俺も少し寝ちゃった。どう、京香は眠れた？」と翔はあくびを抑えるように言った。

甘いマスクから発せられる柔らかい声が京香の耳管を潤わせた。

京香はベッド脇に置かれていたキャミソールを素肌に着け、翔の隣に身を預けて言った。

「夢を見るほどにね」

「どんな夢？」

「何度も見たことがある夢のはずなんだけど、なぜか思い出せないの。最後に知らない人が出てきて目が覚めるのは確かなんだけど」

翔は少し考えて言った。「自分では気付いてないもう一人の自分、もしくは認めたくないもう一人の自分」

「なにそれ」

「見ていた夢の内容から今の自分の精神状態を分析することができるんだ。ネットに書いてあったことだけどね」

「気付いていない自分と、認めたくない自分……」

京香にはそれが、自らの人格を形成する根源を探す謎かけのように聞こえた。

「翔はどんな夢を見るの？」

「最近は空を飛ぶ夢が多いかな。自由になりたいとか、今の状況から逃げ出したいとか、そういう意味があるらしい」

「安心して。そんな状況に陥ったら、私が相談にのってあげるから」と京香は翔の顔を覗き込んだ。

翔は言葉に詰まったように唇を歪めた。

「冗談よ。それより今日も眠りにつけただけで十分。おかげで復帰一日目はどうにか乗り切れそう」と京香は翔の腹直筋にそっと腕を載せた。

「よかった。少しでも役に立てたなら嬉しいよ」

京香は翔に自分の名前も職業も明かしていた。防衛線を先に張っておくことで、この関係に余計な感情や歪みを生じさせたくなかったからだ。だが、翔がそれを僅《わず》かでも気にするような素振りを見せることはなかった。あくまでもクライアントとホストという淡白な関係ではあるが、京香にとってはその距離感が妙に心地よかった。

「そろそろじゃない？」と京香は翔に時間の終了を促した。

「そうだね、もう行かないと」と翔はベッドから降り、素早く身支度を整えた。

白いTシャツに風通しの良さそうなジャケットを羽織り、パンツはデニムというシンプルな服装ではあるが、腕時計は高級品を着けていた。だが若者特有の粗雑さはなく、翔にはどこか品の良い印象があった。その話し方を注意深く観察しても、その印象は変わらなかった。京香は、翔は家柄も育ちも悪くないのではないかと推していた。

翔の身支度が終わるのを確認すると、京香もシーツから抜け出してショーツを着けた。続いて水槽の隣にあるテーブルに置かれた財布から紙幣を取り出し、翔に渡した。

京香の身長は一六四センチだが、翔はそれより頭一つ高いため正対するとどうしても見上げる格好となってしまう。

翔は京香を引き寄せ、頭に軽くキスをした。

男性向けの微かな香水の匂いに包まれた。理由は分からないが、この瞬間だけは彼の体を受け入れても良いという本能的な感覚が京香を支配する。

京香は玄関で翔を見送るとテーブルに財布を戻し、そこに置かれていたネックレスを首に着けた。金属の冷たい感触が、ささやかに高鳴っていた京香の鼓動を鎮めた。鎖にはステンドグラスで作られた小さなくらげのペンダントトップが通されている。京香は胸に手をあてるようにそのペンダントトップに触れ、水槽を眺めた。

カラージェリーたちは丸い水槽の中でサーキュレーターが作り出す水流にただ身を委ねている。彼らは一年とない生涯をそうやって過ごし、死んでいく。くらげには意思がないといわれているが、その生き方を選んだのは彼らに他ならない。彼らの祖先が無性生殖を繰り返しながら、気の遠くなるような時間をかけてその意思を設計し、子孫へと繋げていったのだ。その神秘は京香にとって、眠れぬ夜に時間を忘れさせてくれる厳粛な存在でもあった。

京香はこれ以上の眠りを諦め、部屋のカーテンと窓を開けた。湿気に満ちているが、涼しい風が部屋の中を循環した。

キャミソールにショーツを着けたままの姿でベランダへ出て大きく息を吸い込むと、疲れたような街の匂いが京香の鼻腔を刺激した。部屋は三階に位置しているため、西五反田の裏通りを照らす街灯と電線がベランダのすぐ下に見える。人通りはなく、山手通りを走る車の騒音だけが耳に届いていた。

京香はカラージェリーたちのように、暫く街の夜風に身を委ねることにした。

明日からの職務復帰を前に、京香は少しでも深い睡眠を取る必要があった。翔はそのために呼んだのだ。京香が不眠症に悩み始めたのは半年ほど前からだった。

初期段階では早朝覚醒の症状が出た。その後、数時間おきに目が覚めるようになり、その間隔は徐々に短くなっていった。そしてベッドに入り数時間経っても眠れない状態が続くようになった。やがて眠りに就くことへの恐怖心に支配されるようになり、逆に脳が覚醒してしまうようになっていった。

かかりつけの医師から抗鬱剤や抗不安薬と共に睡眠導入剤も処方されてはいるが、京香は職務への復帰に備え、それらの薬には手を付けていなかった。代わりに、日中のうちにスポーツクラブへ通ったり、市販の漢方薬を試したり、ヨガの呼吸法を取り入れてみたりと、自分なりに不眠症の治癒に努めていた。だが、どの方法もその効果が表れることはなかった。今のところ素性もよく分からない男の腕の中で眠ること以外に、京香がその苦痛から逃れられる方法は見つかっていなかった。

いっそのこと酒の力を借りることも考えたが、京香にとってそれは処方された薬を服用することとさして変わりはなかった。いつ呼び出されてもすぐに現場に駆けつけなければならない仕事において、薬や酒の影響でいちいちその初動が遅れるようでは職務を全《まっと》うすることなど到底不可能だからだ。

京香の職業とは、司法警察職員だった。

その主な職務は、犯罪を捜査し、被疑者を逮捕し、検察官に送検することである。京香の階級は警部補であるため、刑事訴訟法上の資格としては司法警察員と呼ばれることもあるが、一般的な通称は刑事である。

京香は警視庁大崎警察署生活安全課に所属していた。だが、ある一連の服薬自殺事案が発端となり一年間の休職を余儀なくされた。それが事件と呼べるものだったのか、今となっては誰にも分からない。ただ、その一連の事案の直後で妹を亡くしたことがきっかけとなり、京香は暴走した。妹の自殺に事件性を疑い、解決したはずの事案を掘り返すように一人捜査を継続したのだ。

そんな京香に対し、待ったをかけたのが大崎署だった。本部への異動、つまり警視庁への昇進が決まっていた京香に対しての署員たちの嫉妬もあっただろう。大崎署は当時の京香の精神状態を不安視し、警察病院での受診を命じたのだ。そして軽度の鬱症状という診断結果をもとに、休職を令したのである。当然ながら京香の本部昇進の話も立ち消えになった。

但し、京香はこれを実質的には懲戒処分だと受け止めていた。なぜならこの時代、誰であろうと暗い顔をして心療内科へ赴けば、医師はその訪問者をなんらかの精神疾患と診断せざるを得ないからだ。

大崎署は以下の二つの理由から京香を休職させるという処分を決めたのだ。一つ目は、妹を亡くした署員に対しての同情と配慮から十分な休養を与えること。二つ目は、本部へ欠陥のある署員を推薦したという事実をオブラートに包むように隠して大崎署の体裁を保つこと。

敢《あ》えて傷病による休職という名目を用いれば、京香に対しても本部に対しても大崎署の面子を保つことができるからだ。警察はアナクロニズムと言われるほどに人情味あふれる組織ではあるが、その一方では一切の例外が許されぬほど徹底した上意下達の世界でもある。特に大崎署のような小規模な所轄は本部である警視庁のご機嫌を伺いながら、業務を遂行していかなければならないのだ。

驕心ではないが、京香にはこれまで幾つもの事案や事件に正面から向き合い解決に導いて来たという自負があった。京香は高校を卒業してすぐに警察学校に入り、巡査を拝命した。その後、配属された所轄では地道に実績を積み重ね周囲からの評価を得ていった。そして上司や同僚からの信頼を集めて推薦を受け、体力と精神力を試される刑事講習にも合格し、ようやく刑事として任用された。

所轄に配属された一般署員が刑事になることができるのは六〇〇人に一人以下とされている。その上、未だ男尊女卑が残る前近代的な組織の中で女性が刑事として任用される確率はさらに低い。そして、大崎署に立ち上がった幾つかの捜査本部でもその能力を評価され、京香は遂に本部への昇進の機会を掴み取ったのだ。

だからこそ、京香には自らの忍耐と粉骨砕身の努力でそれを勝ち取ったという自負があった。それが京香のプライドでもあった。医師の診断は大崎署の体裁を保つために工作された結果でしかない。自分は長い休養や薬に頼らなければならないほど、この身を窶《やつ》してなどいない。私は誰よりも強い精神を持っている、と京香は自らを認識していた。

だが今となっては、京香が復職に前向きかと言えばそれは少し違っていた。

休職とは言え一年にも及ぶ期間、自己を内観したことは京香にとって初めての経験だった。入庁以来、働き通しの人生に疑問を持ったことも初めてだった。京香は、何度も自分の人生を省みた。三十路《みそじ》を前に新しい人生を設計しても良いのではないか。民間の会社で働く女性たちのように仕事以外の時間を自分のために使い、誰かと出会い恋に落ち、そしてささやかな家庭を築く。そんな人生を選択しても良いのではないかと。

だが自分は？　素性も分からない男の腕の中でしか眠ることができない女、それが現状なのだ。京香は幾度も心の中で辞職を決意し、便箋に退職願を書き綴った。しかしどうしても、その筆を最後まで進めることはできなかった。

一連の事案により、職場に多大な迷惑をかけてしまったことは取り返しのつかない事実である。辞して責任を取ることは、警察という組織では慣例とも言えるほど頻繁に行われていることだ。京香もそれに倣い潔く退庁すれば、署にとっては問題の種も消えるだろう。それを願っている署員もいるかもしれない。そもそも復帰した自分が刑事として使い物になるという保証もないのだ。

だが京香は辞職という選択肢を最後まで選ぶことはできなかった。

妹の自殺の真相を知りたい。その考えが京香を再び職場へと押し戻そうとするのだ。

「栞里《しおり》の死は自殺ではない」

京香は胸をきつく縛り付けるその呪縛を街の夜風に浮かべ、ペンダントトップを握りしめた。

山手通りから運ばれる排気ガスと湿気が京香の素肌に纏わりついていた。


部屋に戻るとそのタイミングを見計らっていたかのように、ベッドサイドテーブルの上に置かれたスマートフォンが振動を始めた。

目覚まし時計を確認すると、時刻は深夜二時を過ぎようとしていた。在職中であれば深夜の呼び出しなど往々にしてあることだ。所属する課に関わる事案が発生すればそれがどんな時間でも呼び出しはかかるし、他の課からの協力要請や緊急配備要請を受ければ、全てを擲《なげう》ってでも現場へ急行しなければならないのが警察官としての責務だ。

しかし現在の京香は、いわば謹慎処分中の身である。ましてや仕事用に貸与されていた携帯電話は休職に入る前に警察手帳と共に警務課に返却している。プライベートのスマートフォンがこんな時間に着信を受けるのは稀有なできごとでしかなかった。

もしかすると翔が心配して電話をくれているのだろうか、と京香は出処の分からない推測を浮かべた。だがそれはありえなかった。そもそも彼とは店を通しての関係でしかなく、互いの連絡先は交換していない。

京香は大げさな発光を続けるスマートフォンに手を伸ばした。ディスプレイには『荻堂陽太《おぎどうようた》』と表示されていた。荻堂は他署から四年前に大崎署生活安全課に配属された巡査部長だ。大学院を修了しているため、歳は京香より少し上だが部下である。京香は休職に入る前、念のため荻堂に連絡先を伝えていたことを思い出した。

逡巡したが、京香はその着信に応じることにした。

「久しぶりじゃない、どうしたの」

「あ、その、大丈夫ですか？」

懐かしい荻堂の太い声がスマートフォンの小さな穴の中から聞こえて来た。

「大丈夫な訳ないじゃない。こんな時間に一体誰かと思ったわよ」

「ああその、体調のほうは大丈夫ですか、という意味で」

荻堂のその言葉を明日以降何度聞くことになるのかと想像しただけで、京香は軽い目眩《めまい》を覚えた。

「あんたまた太ったでしょう、声で分かるわ。不摂生もほどほどにしなさいよ」

「いやあ、この仕事してるとストレスが溜まる一方で……」

そもそもあんたのストレスの根源は私だったんじゃないの？　と京香は口を挟もうとしたが用件が気になるので堪《こら》えることにした。

「……弱ったな、安西さんはなんでもお見通しなんだもんな。でもその調子なら復帰は問題なさそうですね」

「問題もなにも、今回の休職は謹慎処分でしかないんだから当たり前でしょう。それよりどうしたの、こんな時間に」

普段から居眠りばかりしている荻堂が非番の日にこんな時間まで起きている筈がないので今夜は宿直なのだろう。ということは、京香の明日からの登庁を確認したくて電話をしてきたのではないかと推察したが、それは違うようだ。

「荻堂、あんたまさか今現場？」

「ええ、実は先ほど通報が入りまして、現場に来ているんです。今日は宿直だったので地域課の警官と僕で対応しているんですが」

「酔っ払い同士の派手な喧嘩でもあったの？」

大崎署の管区には五反田の歓楽街が含まれているため、そのようなトラブルは後を絶たないのだ。

「いえ、それが自殺でして。それを見つけた親が通報してきました。一連の後追い自殺で間違いはないとは思うのですが、一応署内で仮眠をとっていた鑑識に臨場してもらっていました」

京香は仮眠をとっていた鑑識という言葉に嫌な予感を覚えたが、それ以上に気になる言葉の解明を優先することにした。

「後追いってまさか、例のアイドルのこと？」

「そうです、やっぱり安西さんも注目してたんですね。アリスエイジの中心的メンバーが自殺して、それを後追いする若い子たちが続いてるってやつです。あれがうちの管区でも遂に起きたようで。ここんとこなかったんで、もう落ち着いたと思ってたんですけどね」

京香は、先ほどから荻堂が遠慮がちな話し方をしている理由を察した。荻堂は京香が一連の自殺事案に固執して休職という処分を下された事実を十分に理解している。その件で京香に幾度となく捜査に付き合わされたのだから当然である。そのため京香が今もその事案に固執していると考え、こうして電話をかけてきたのだ。だが京香の復帰は明日からであるため、遠慮がちな話し方になっているようだ。

「荻堂、現場の住所教えて」

「い、いいんですか？」

「もう日付は変わってるわ。それに朝になってそれを私に報告してきたら、雷どころじゃ済すまなかったわ」

「はあ、やっぱりお見通しなんですね。電話してよかった」

荻堂の安堵《あんど》がスマートフォンの小さな穴を通じてありありと伝わってきた。要するに彼は、京香に怒られたくなかったから電話をしてきたのだ。

荻堂は現場の住所を伝え、電話を切った。

京香はクローゼットからスーツを取り出し、ベッドに放り投げた。

「まさか登庁する前に臨場することになるとはね」と京香は水槽のくらげたちに呟《つぶや》き、身支度を始めた。

どうやら大変な復帰初日となりそうである。だが、不安と同時に体の奥底から湧き上がる興奮を京香は抑えきれずにいた。


街中のネオンの光を吸収してしまいそうな暗い雲が空一面を覆っていた。

久しぶりの現場へと向かう京香の高揚も、そんな重苦しい夜空に吸い込まれたように鎮んでいた。

桜田通りを跨《また》ぐ五反田駅のガード下を潜り、駅前の歓楽街を抜けて暫く歩くとそのマンションは現れた。現場は京香の実家からそう離れてはいない場所だった。

築年数は経っていそうだが、青い煉瓦屋根が特徴の大型分譲マンションだ。スタッコ仕上げの白い外壁塗装やエントランスを見る限り、建物の格式はかなり高そうに見える。

マンション付近の路上を見渡すと二台の警察車両が停まっていた。大抵の警察官は自署が所有する車両のナンバーを記憶しているため、すぐにその判別ができるのだ。

歩道には地域課員が乗ってきた自転車も二台停められており、その付近の街灯の下に一名の制服警官が立っている。

歓楽街を抜けて来たせいか、現場はやけに静かだった。深夜という時間を考慮すれば当然かもしれないが、そこに事件現場という雰囲気はなかった。

仮にここで殺人などの事件が起きたと判断されれば、最終的には五〇名から六〇名の警察関係者が集まることになる。先ず、地域課の制服警官が現場《げんじょう》保存テープと呼ばれる黄色いテープを用いて立入禁止区域を作る。その後、所轄の刑事課に属する鑑識係や他課の刑事が到着し、さらには該当方面をパトロール中の機動捜査隊が無線を聞きつけて現場へと現れる。時間が経つにつれ野次馬の数も増えるため、自動車警ら隊の警察官も到着し、やがて本部からの捜査員たちも合流する。そして現場は徐々に膨れ上がっていき、物々しい雰囲気に包まれることになる。

だがこの現場には現場保存テープが張られていないどころか、地域課の制服警官が一人路上に立っているだけである。朝になるのを待って本部への応援要請を出すつもりなのだろうか。いやそんなことをすれば初動捜査を遅らせるだけではなく、大崎署の対応に本部からクレームが入ることになる。

つまり大崎署は今のところ、今回の事案に事件性はないと認識しているのだ。

京香は改めて荻堂の姿を探したが、一名の制服警官以外に関係者らしき人物は見当たらなかった。京香は現着を知らせようとスマートフォンをポケットから取り出し、着信履歴から荻堂の番号に発信をしようとしたが、若い男の声がその指先を止めた。

「お疲れさまです」

声がした方を振り返ると、街灯の下に立っていた制服警官がゴム底の革靴で懸命に走り寄って来た。

「安西さんですよね。体調はもう大丈夫なんですか」と男は軽く息を弾ませながら言った。

京香はその質問には答えずに言った。「お疲れさま。市井《いちい》だったわね。補習が終わって戻ってきたんだ」

市井は地域課に所属する交番勤務の警官だった。一昨年大崎署で数ヶ月間の現場実習を行い、その後警察学校へ戻り初任補習科を受け、晴れて大崎署の地域課へ配属されたようだ。

京香は市井とはほとんど話をしたことはなかったが、顔と名前は憶えていた。

市井はあどけなさとニキビが残る顔を硬直させながら敬礼を続けている。

「現場でそんな仰々しい挨拶しないでいいから」と京香は言った。

ちなみに、私服警官は現場では敬礼をしてはならない決まりとなっている。

「名前憶えて頂いてたんですか、光栄です」と市井は敬礼をやめて直立した。

市井のほうこそよく私の名前知ってたじゃない、と京香は返そうとしたがすぐにその言葉を飲み込んだ。本部への昇進が決まっていたにもかかわらず、懲戒処分を受けて再び戻って来る京香の名前を知らない署員など、小さな大崎署の中にはいないだろうと思ったからだ。

「荻堂はもう中？」と京香はマンションの方を指した。

市井は周囲をキョロキョロと見回しながら言った。「いえ、先ほどまでこの辺りに……あ、いらっしゃいました」

市井の視線の先を辿ると、コンビニ袋をぶら下げた丸い人影が現れた。

「自分は失礼します」

市井は一礼し、ゴム底を鳴らしながら持ち場へと戻って行った。

京香に気づいた荻堂は、手に持っていた残りの肉まんを慌てて口の中に突っ込み、小走りで体を揺らせながら近づいて来た。

「食べ終わってからでいいから」と京香は目の前で立ち止まった荻堂に言った。

「ういません」と荻堂は肉まんに付いていた紙をコンビニ袋の中に入れた。

コンビニ袋の中には食べ終えた肉まんの食べかすしか入っていなかった。

間食癖は相変わらずのようだが、荻堂は京香が心配していたほど太ってはいないようだった。とは言え、縒《よ》れたジャケットからネクタイを押し退けるようにはみ出る腹や、シャツの第一ボタンが留められそうにない首回りを見ると、京香は荻堂を少し厳しめに絞ってやりたくなる衝動に駆られてしまう。

だがよく見ると、荻堂は目鼻立ちの整った端正な顔つきをしていた。特に切れ長な目は涼しげで、体型の割に暑苦しい印象もなかった。身長こそ高くはないが、もし痩せればなかなかのハンサムのはずだと京香は彼の外見を密かに評価していた。

つい先ほど電話で声を聞いてはいたが、荻堂と会うのは一年ぶりのはずである。だが口に頬張り過ぎた肉まんを懸命に飲み込もうとしている男に、再会の喜びや懐かしさといった感情は微塵《みじん》も感じない。しかし今日のような日には、荻堂は京香にとって非常に有り難い存在だった。

「うちの鑑識、本部には応援要請出してないんだ」と京香は荻堂が肉まんを飲み込むのを待って言った。

「ええ、事件にする気なんてさらさらないみたいです。なんせ西脇《にしわき》さん、夜中に起こされて機嫌が悪いみたいで」

「やっぱりあいつか」

京香はため息と共に言葉を吐き出した。荻堂からの電話で、鑑識と聞いた時に感じた嫌な予感とはこのことである。

「で、いつ中入れる？」

「つい先ほど西脇さんがもうすぐ終わると言ってましたから、そろそろかと」

現場では鑑識が主導権を握っているため、刑事たちは彼らが仕事を終えるまでそこへ立ち入ることもできないのだ。

「だとしても、事件性がないと判断するには早過ぎない？　鑑識が入ってそんなに時間は経ってないんでしょう」

「ええ、でも自殺で決まりだって言い切ってましたよ。西脇さん」

「どうだか。さっさと署に戻って眠りたいだけでしょ」

「あそうだ、これどうぞ」と荻堂はジャケットの内ポケットから腕章を取り出し、肉まんの食べかすが付いた手で京香に手渡した。

「何これ、鑑識のじゃない」

「ええでも、腕章くらいつけてないと現場で足止めくらうかもしれないので」

京香は路上に立つ市井を見ながら言った。「新人の彼でさえ私のこと知ってたのよ。署内で私のこと知らない職員なんているの？」

「いえ、いないと思います。悪いほうの意味で」と荻堂は不自然な笑みを作った。

京香は腕に腕章を通しながら言った。「でしょうね、でもせっかくだから一応しとく」

「あ、これもどうぞ」

荻堂は白い手袋を差し出した。現場捜査時に使用する白手《はくて》と呼ばれる綿一〇〇パーセントの手袋である。

「随分と準備がいいじゃない」

「あ、これは僕のですけど、どうぞ使って下さい」

荻堂は、西脇がいる現場で余計な物に触れたくないと考えているのだろう。

彼の気持ちも分からないではないが京香は言った。「鑑識がなんと言おうと、自分の目で確かめるまでは自殺と断定するのは早いんじゃない？」

「……ですよね」と荻堂は片方の白手のみを京香に手渡した。

「行くわよ」と京香はマンションのエントランスを潜り、階段の方へと向かった。

「あれ、エレベーターこっちですよ。現場、七階です」

「だから階段で行くの。このマンションの七階なら、自殺の手段として飛び降りを選ぶ可能性もあったはずでしょう」と京香は階段を上がりながら言った。

「安西さん」

荻堂の声が京香の足を止めた。振り返ると、晴れやかな表情をした丸い顔が京香を見上げていた。

「お帰りなさい」

荻堂のその言葉は、京香が一年間抱え込んでいた迷いや葛藤を少しだけ軽くしてくれたような気がした。だが人は時として、本心とは裏腹の言葉を発してしまう生き物のようである。

「そのお腹引っ込めるにはいい運動になるでしょ」

京香は再び階段を上がり始めた。


京香は七階まで階段で上がるとマンションの外廊下へと歩を進め、荻堂の到着を待った。

荻堂は階段の手すりに頼り、大袈裟《おおげさ》に体を揺らしながら七階へと到着した。

京香は息を切らせた荻堂の後ろを歩き、造りの良い玄関が並ぶ長い外廊下を進んだ。

手摺り壁の下を覗き込むと、真下にはマンション裏手の自転車置き場が見える。階段は窓のない内階段だったが、この外廊下からであれば飛び降りることを考えてもおかしくはないだろう、と京香は推測した。

荻堂は突き当たりの玄関の前で立ち止まった。

鉄製の重そうな玄関の隣には『新崎』という表札が掲げられている。

荻堂は軽くノックをし、「失礼します」と玄関を静かに開けた。

広々とした沓《くつ》脱ぎではあったが、すでに三足の黒い革靴がそのスペースを占領するように脱ぎ捨てられていた。

「お先です」

荻堂は息を潜めるように靴を脱ぎ、その先の廊下へ進んだ。

京香も靴を脱ぎ、全員の靴を揃えてから荻堂に続いた。

廊下は沓脱ぎからまっすぐに続いており、それぞれの部屋は全て右手に配置されていた。中は広めの３ＬＤＫといったところで、角部屋のためそれぞれの部屋に光を最大限に取り込めるよう配慮された間取りのようだ。

廊下を進んで行くと、リビングと思われるドアの前で荻堂が立ち止まった。

部屋の奥では大崎署の署員が遺族から話を聞いていた。通報を受けて駆けつけた地域課員が対応しているのだろう。

「あのかたが母親で、今回一一〇番通報をしてきました」と荻堂は小声で言った。

リビングの扉は半分閉まっているため部屋の詳しい様子は見えないが、肩を落とした五〇代くらいの女性の後ろ姿が見えた。その姿を見ただけで、残された家族の苦痛が京香の胸に突き刺さるように伝わってきた。

荻堂は内ポケットから手帳を取り出し、走り書きのメモを京香に見せながら続けた。

「今のところ遺書のような物は見つかっていないそうです。ホトケの名前は新崎芽衣奈《しんざきめいな》、女子高生でした。彼女の父は今単身赴任で海外へ行っているそうです。そのため、現在は母と二人姉妹の三人暮らしだったらしいです」

「姉妹？」

「ええ、双子だそうです。今回亡くなったのは妹のほうです」

京香は同情の念を強引に振り払った。今は現場に集中する以外にできることはないのだ。

荻堂は再び廊下を進み、突き当たりの部屋のドアの前で立ち止まった。

「あれ、なんで閉まってるんでしょうね。もう終わってるはずなんですが……」

京香は荻堂と同じくドアの前で立ち尽くした。

ふいに、ドアノブが下がる微かな音が聞こえた。だが音が聞こえてきた位置は突き当たりの部屋ではなかった。

振り返りそのドアを確認すると、少しだけ開いた隙間から人影が見えた。

京香はそっとドアに近づき、覗き込むように顔を近づけた。

部屋の奥にいる誰かと視線があった瞬間、そのドアは閉められた。

部屋の中にいたのは亡くなった新崎芽衣奈の姉だろう、と京香は察した。

「ちょっとノックしてみます」と荻堂は突き当たりの部屋のドアを静かに叩いた。

暫くしても返事がないため、荻堂はドアノブを静かに下ろそうとすると、部屋の中からドスのきいたダミ声が聞こえてきた。

「開けるんじゃねえ」

荻堂はその声に怖気《おじけ》づいてしまったようで、手をドアノブから離すこともできず硬直している。

やがてドアが内側からゆっくりと開くと、荻堂は素早く京香の後ろに下がった。

隙間から京香の見覚えのある顔が現れ、不自然な格好でドアノブを握ったまま言った。

「はっ、安西さん。ご無沙汰しております」

大崎署の交通課に配属されて三年目の波多野《はたの》だった。恐らく彼も今日は宿直だったため、西脇に無理やり連れてこられたのだろう。

波多野は足を極端にドアから離し、上半身を目一杯伸ばしてドアを開けている。

「どうしたのその格好」と京香は波多野に尋ねた。

「ここ、踏まないようにお願いします。中狭いので私は外に出てます」と波多野はなぜか口もとに手をあてながら去って行った。

理由は分からないが、京香とはあまり話をしたくないようだ。

京香が部屋へ入ろうとすると、「うっ」と言う荻堂の声がその足を止めた。

ドア付近のフローリングには夥《おびただ》しい血痕が広がっていた。血痕の中にはニッパー型の爪切りのような物が落ちており、その付近には小さく刻まれた肉片のような物も混じっている。

血痕はベッドへと引きずられるように続いており、その上にはパジャマ姿の遺体が仰向けに横たわっていた。恐らく遺体を発見した遺族の誰かが、慌てて彼女をベッドへと運んだのだろう。ベッド付近には血を含んだバスタオルも落ちていた。

「そこ、何があっても踏むんじゃねえぞ」

地の底から這い出してきたような声が京香の全身をひりつかせた。

刑事組織犯罪対策課に所属する鑑識係の西脇だった。西脇は一年ぶりに復職した京香に構う様子もなく、箪笥《たんす》の上に置かれたフォトフレームを凝視しながら何かを考えている様子だった。

「失礼します」と京香は血痕を跨いで部屋へ入り、西脇が考え込んでいる隙に現場の検証を行うことにした。

通常の現場検証においては、遺体の検視は最後に行う。先ずは遺体の周囲から弧を描くように隈なく観察していき、最後に遺体を見るのが鉄則だからだ。所属は鑑識ではないが、現場では京香もその決まりに倣うことに決めていた。

だが、この現場ではそれができなかった。どうしてもベッドの上の遺体から目を逸らすことができないのだ。

仰向けに横たわる遺体の頬は抉《えぐ》られていた。いや、正確にはくり抜かれたような傷痕が左目のすぐ下の頬に残されていた。床に広がった夥しい血痕は全てその傷痕から流れたもののようだ。

京香はようやく遺体から目を離し、部屋の状況を確認した。

六畳ほどの広さのこざっぱりした部屋だった。大きな家具は少なく、ベッドの他には勉強机と箪笥、そして姿見が置かれている程度である。机の上にはノートパソコンや勉強道具が置いてあり、その手前には薬の空箱が小さな山を作っていた。恐らくその箱の中には服用した睡眠薬が入っていたのだろう。

壁に目をやると、小さなクローゼットの隣には人気アイドルグループであるアリスエイジのポスターが貼ってあった。ポスターの中央にはグループの中でもカリスマ的人気を誇る三笠ほのかが写っている。三笠ほのかは半年ほど前に自殺しており、後追いするファンが出るほど社会問題になっていた。

京香の視線の先には、箪笥の前で腰を屈めて腕組みをする西脇の姿があった。火は点いていないが、咥《くわ》え煙草をしながら先ほどと同じフォトフレームを執拗に睨《にら》みつけている。腕組みをする手の先にはビニール製の小さな証拠品収納袋がぶら下がっていた。西脇は無数の皺《しわ》が入った上下グレーのスーツに、結び目を緩ませたグレーのネクタイを着けていた。体格は荻堂とは正反対で骨が浮き出したような痩せ方をしており、そのせいで頬骨が尖っているように見える。五〇代にしては髪に衰えは感じないが、その半分は白髪のため全身グレーずくめである。また西脇は一日に何箱も煙草を吸うため、スーツに染み付いた煙草の匂いは相変わらずだった。そんな匂いさえ現場の一部だと感じてしまうのは職業病でしかない。

「西脇さん、これ、本当に自殺なんでしょうか」と京香は床に広がった血痕を見つめながら言った。

しかし正直なところ、京香も他殺ではないと推定はしていた。

「一年ぶりだったか。お前さん、ついに挨拶もできねえ嬢ちゃんになっちまったか」と西脇は屈めていた腰を痛そうに戻して京香に振り返った。

その眼光は恐ろしいほどに鋭かった。西脇は普段は死んだような目をしているのだが、現場では研ぎ澄まされた刃物のような目つきへと変貌する。荻堂が怖じけてしまう理由も分からないではない。

休職明けとは言え、西脇にお決まりの口上を述べたところでどうせ相手にされないと諦めていたため、京香は意図的に挨拶を省略したのだが裏目に出たようである。

「失礼しました。本日より復職することに……」

「ま、挨拶なんて面倒くせえからいいけどよ」と西脇は京香の言葉を遮った。

京香は心の中を見透かされているようで内心むっとした。

西脇はそんな京香に構うことなく続けた。「お前さんみたいに、自殺をなんでもかんでも他殺と決めつけて片っ端から司法に回してたら、いくら予算があっても足りねえって言ってんだよ。その度に本部からお咎めを受けるのはうちの課なんだ」

京香は努めて平静を保ちながら言った。「この状況を見る限り自殺とは考えづらいですが、同時に他殺の可能性は低いということは私にも分かります。遺体を見たところ、その類の傷も含めて誰かと争ったような形跡もありませんし、もしこれが絞殺や扼殺《やくさつ》なら……」

「おーい。生安課の嬢ちゃんの意見なんぞ俺は聞いてねえ。ん？　お前さんいつから鑑識になった」と西脇が京香の腕章を覗き込んだ。

西脇の顔が京香の腕に近づくと、煙草の匂いの中に酒の匂いが漂った。

京香は、西脇が機嫌が悪い本当の理由を悟った。西脇は宿直中に署で部下と酒盛りをしていたようだ。先ほど交通課の波多野が口を押さえながら部屋を出て行ったが、あれは酒臭さを隠すためだったのだろう。

「まあいいや、嬢ちゃんに付き合ったところで一文の得にもならねえし、俺もさっさと帰りてえから教えてやるか。そこの写真、見てみろ」

京香は箪笥の上に置かれたフォトフレームを覗き込んだ。

フォトフレームはキラキラした小さなシールでデコレーションされていた。写真には赤いリボンの制服を着た姉妹が二人で楽しそうに笑う姿が写っている。双子だけあって画像を複製でもしたのかと思うほど二人はよく似ていた。そして二人とも美人だった。

「これがどうかしたんですか？」と京香は尋ねた。

西脇は鼻で笑うように短く息を漏らして言った。「顔にシールが付いてんだろ、剥がしてみろ」

その写真には、向かって右側に写る少女の顔の頬のあたりにシールが貼ってあった。

「鑑識の俺が触ってもいいって言ってんだよ」

京香はフォトフレームを持ち上げ、そっとシールを剥がすと目を細めた。シールの跡かプリントミスだろうか、そこには黒い点が二つ付着していた。いや少女の頬に付いているのは、ほくろだった。目の遣り場に困るほどの大きさのそれが、二つも彼女の瞳のすぐ下に付いているのだ。

京香は慌ててベッドに横たわる遺体を確認した。遺体の頬の傷は、ほくろを切り落とした痕なのだ。

「そういうこった。それにホトケさんも、そいつのファンだったみてえだな」と西脇は壁のポスターを顎で指し、続けて鋭い眼光を部屋の中に戻しながら続けた。「ありったけの睡眠薬を飲んでからドアノブに首をかけたんだろう。頸動脈を止めたきゃ体重の五パーセントの圧力があれば十分だからな。その傷はタオルに体重をかける前にやったんだろうよ。分かったらさっさと帰れ」

西脇の見解に反論の余地はなかった。だが京香はこのまま現場の検証もせずに帰る訳にはいかなかった。

「我々にも検証する時間を頂きたいのですが」

西脇は大げさな溜息を吐いて続けた。「何度も言わせんな。ここはお前さんみたいな出戻りの嬢ちゃんが来る場所じゃねえんだよ。ま、嫁ぐ前に戻ってきちゃあ世話ねえけどな」

西脇は唇で咥え煙草の先を上げながら、京香を見下すように見つめている。

京香は言った。「私の現在の所属は防犯係です。かつては少年係にもいましたから、時に兼任という形で職務を任されることもあります。もし私を現場から締め出すのであれば、それで構いません。しかし亡くなったのはまだ高校生です。従ってこの後、ご遺族や友人に彼女が亡くなる前の状況を確認するのは我々生安課の仕事となります。もし我々が現場を検証することを、あなたの一存で拒むのであれば、私と荻堂は職務を妨害されたと考えざるを得ません」

ドア付近の荻堂が小さく咳き込んだ。巻き添えを食らったと思っているのだろう。

京香は構わず続けた。「それと西脇さん、お酒飲んでますよね。波多野さんからもお酒の匂いが漂っていました。酒を飲んで、しかも警察車両で現場に臨場したなんて知れたら、間違いなく署長の首が飛ぶでしょうね」

西脇の咥え煙草は極端に下を向いていた。

「俺はよお、昔からどうしてもお前さんが好きになれねえ。だが、まだ錆びついちゃあいねえみてえだし、後は地域課のあんちゃんに任せるとして、俺は署に帰って寝るわ。そろそろニコチン切れも限界だしな」と西脇はドア付近の血痕を跨いで部屋を出ると振り返って続けた。「だがな、お前が探している答えはここにない。同列には考えるな」

「分かってます」と京香は呟き、西脇の細い背中を見送った。

荻堂が萎縮した表情を残しながら部屋に入って来た。

「一体どうなっちゃうのかとヒヤヒヤしましたよ」

「どうもならないわよ、彼だって仕事なんだから。あれはあれで少しは気を使ってくれてるんじゃない？」

「あれで、ですか」と荻堂はフォトフレームを覗き込んで続けた。「ほくろ、気にしてたんですね。姉にはないのに自分にだけ二つ、か。この場合残された姉のほうがつらいんじゃないですかね」

京香はその言葉に感情を引きずられそうになった。

荻堂は自分の失言に遅れて気づいたようで、申し訳なさそうに首をすくめている。

京香は白手を片方の手に着け、現場へと意識を戻した。

事件性があればその現場に残された物は全て証拠品となり、遺族でさえそれに触れることはできなくなる。しかし事件性がないと判断されれば、今現場にあるものは全て遺品として扱われることになる。基本的にはどんな現場であろうと鑑識以外が証拠品に触れてはならないことになっているが、それらが遺品となれば多少の融通は利く。

京香は西脇の言う通り、他殺の線はないと考えていた。

西脇は相手が誰であっても態度は悪いが、鑑識の腕は本部から目をかけられているほど高かった。もし彼が並の鑑識官であれば、血痕にまみれた現場を見てすぐに他殺の線を疑い、慌てて本部へ応援要請を出していたはずだ。だが西脇は遺書さえないこの現場に入り、数時間も経たないうちに他殺の線はなしと断定したのだ。恐らくは遺族からの情報も遮断していたはずである。有能な鑑識官は現場を見ただけでその事件の概要を正確に把握してしまうというが、西脇もその部類に入るのだろう。京香は彼の性格はともかく、その能力は高く評価していた。

新崎芽衣奈がほくろのない姉への嫉妬を抱えていたのか、それともその不公平さを呪《のろ》っていたのかは分からない。だが少なくとも、頬にある二つの大きなほくろが彼女を自死に向かわせた理由の一つであることは間違いないだろう。

そして西脇が彼女が自殺をしたと判断したもう一つの理由は、壁に貼られているポスターだ。そこにはアリスエイジの中心的メンバーだった三笠ほのかが写っている。わざわざ部屋の壁にポスターを貼るほどだ。新崎芽衣奈が自殺した理由は三笠ほのかの後追いだったという線は消せないだろう。

京香も西脇の判断に不服はなかった。だが同時に、小さな棘《とげ》にちくりと首もとを刺されたような違和感も捨てることができなかった。

京香は首もとのペンダントトップを握りしめ、その根源に意識を集中させた。

新崎芽衣奈はなぜ飛び降り自殺という選択肢を選ばなかったのか、それが京香が感じる違和感だった。大量に飲んだ睡眠薬で意識が朦朧《もうろう》としていたとしても、わざわざ痛い思いをした後にドアノブにかけたタオルで自分の首を絞めたのだ。死にたいと思う人間であれば、一番手っ取り早い方法を選ぶのではないだろうか。

違和感はもう一つあった。三笠ほのかである。部屋にポスターを貼るほどのファンであれば、新崎芽衣奈はライブやイベントには何度も足を運んでいたはずである。だがポスター以外にアリスエイジのグッズが一つも部屋の中に見当たらないことが、京香は腑に落ちなかった。

「安西さん、やっぱり僕も自殺だと思います」

荻堂は机の上の睡眠薬の空箱の山を見つめていた。

やはり考え過ぎなのだろうか。自分は無意識に新崎芽衣奈と栞里の自殺を関連付けようとしているのかもしれない、と京香は自らを諭した。

「そうね。彼の判断に間違いはないと思う」と京香は荻堂の視線の先を見つめながら答えた。

だが自らが発したはずのその言葉に、掴みどころのない違和感を覚えた。京香はあらためて机の上に置かれたノートパソコンを見つめた。ノートパソコンは開かれた状態で置かれていた。

「ちょっと聞きたいんだけど、荻堂ってノートパソコン持ってる？」

「ええ、寮にありますけど」

荻堂は大崎署の裏手にある独身寮に住んでいる。

「使い終わったら閉じる？」

「閉じますね。この機種、僕も持ってますけど埃とか入ったらすぐ壊れちゃうんで」と荻堂は質問の意図が掴めない様子で京香を見つめている。

そのノートパソコンには小型の外付けハードディスクが繋がれていた。恐らく本体のデータをバックアップするために使われているはずだ。

「荻堂、白手貸して」

京香は荻堂が着けていた白手を取り上げるともう一方の手に着け、繋がれていたハードディスクを取り外した。

「ちょっ安西さん、何してんすか」

「西脇の弱点教えてあげるわ。あいつ、こっち方面にめっぽう弱いの」と京香はハードディスクをジャケットの内ポケットに忍ばせた。

荻堂は口をあんぐりと開けたまま硬直していた。

第2章　警視庁大崎警察署生活安全課

霧雨が朝の街並みを覆い尽くしているようだった。安西京香は霞んだ信号機を見つめながら山手通りを歩いていた。

大崎署は西五反田にある京香のマンションを出て、山手通りをまっすぐに進んだ場所にあった。徒歩で二〇分ほどかかるが、考え事をしたり気持ちを整理することができるため、休職する前の京香にとってはちょうど良い時間だった。だがそんな道のりも、一年ぶりの登庁となる今日は足取りが重かった。

例年なら七月上旬の気温は三〇度を超え梅雨もその終わりに近づいているはずだが、今年は夏の到来がやけに遅く感じられた。昨日から続いている気怠《けだる》さはそんな長すぎる雨季のせいかもしれない、と京香は自らを諭した。

だが昨夜現場から帰宅した京香はベッドに横たわりじっと目を閉じて体を休めていたため、疲れを感じている訳ではなかった。やはり一年ぶりに職務に復帰するという精神的な不安が京香を支配しているのだろう。しかし、つい数時間前まで現場にいたことを考えれば少しは気分を落ち着かせることができた。

大崎広小路の交差点を通り過ぎ、歩道を暫く進むと京香は立ち止まった。手にしていた傘を持ち上げると、露先《つゆさき》の合間に大崎署が現れた。

京香はその庁舎を見上げ、静かに息を吸い込んだ。

正面の壁一面にガラスが配置され、交番が突き出たようなエントランスが特徴の八階建て庁舎が警視庁大崎警察署である。一〇年前に建てられた庁舎のため、都内の所轄の中では比較的現代的なデザインと言えるだろう。地下は二階まであるが、敷地が広くないためそのほとんどは駐車場となっている。

警視庁は皇居を中心に第一方面から第一〇方面までの大きな管区を設けており、大崎署は品川区と大田区を管轄する第二方面に属している警察署である。総署員数は約二〇〇名で、都の中では小規模警察署の分類に入る。だが大崎署は都内でも有数の五反田の歓楽街を管轄するため、警備課にはそれなりの人員を割いている。ちなみに都内で一番大きいのは新宿署で、その署員数は六〇〇名を超える。

大崎署の各階には、一階に総合受付と交通課と警務課と署長室、二階に交通課と警務課、三階に刑事組織犯罪対策課と取調室、四階に地域課、五階に京香が所属する生活安全課、六階と七階に警備課と留置場、とそれぞれの課や設備が配置されている。そして八階には大会議室と武道場があり、地下には駐車場の他に霊安室がある。なお、九階は屋上となっている。

京香は歩道に突き出したような庁舎のエントランスを進み、一階奥にある警務課へと向かった。

入り口のガラスには、採用説明会の張り紙があった。来場者に会場の場所を知らせる案内が記載されているようだ。大崎署の採用活動は毎年この時期に副署長の号令のもと総力をあげて行われている。今の時代、警視庁であっても人手不足問題には頭を悩まされているのだ。また働き方改革関連法の一部が施行された影響で、労働環境や待遇の良い民間企業との人材の奪い合いになっており、構ってはいられないのが現状である。

庁舎に入ると、足もとには総合受付まで続く黄色い視覚障害者誘導用ブロック、天井から下げられた各課の吊り札、そしてその先に配置された幾つものデスクの島が視界に広がった。一年前と変わらない無味乾燥な景色がそこにあった。

京香はエントランス付近のカウンターで住民に対応する署員を尻目に、気配を殺すように奥の警務課へと進んだ。定時より少し早めに到着したはずだが、署内はすでに多くの人々が忙しそうにフロアを行き交っていた。京香は署員たちの視線が気になり周囲を窺ってみたが、今日から始まる採用説明会の準備で忙しいのか、まじまじと京香を凝視する者はいないようだ。

だが女性署員の多くは制服を着ているため、スーツ姿の京香はやはり目立っていた。中には首を傾げて京香を細目で見つめている署員もいる。しかし、彼らが声をかけてくる気配はない。

それも当然だろう、と京香は思った。もし自分が逆の立場であれば、京香も彼らと同じ対応を取るはずである。京香にとっては今日が一年ぶりの登庁であっても、彼らはそれを待ち構えていた訳ではない。彼らは日々、目が回るほどの業務をこなすことで精一杯だ。一年間休職していた署員のことにまで構っている余裕などあるはずがないのだ。そんなことを考えているうちに、京香の足取りは少しだけ軽くなっていた。

警務課の窓口に着くと、新人と思われる若い女性署員が対応してくれた。

京香は名前は分からなくても署内の署員全員の顔は把握していたため、知らない顔は新人か他署から異動してきた署員だという認識で間違いないはずだ。だがその女性署員の後ろにいる警務課のデスクに座る署員たちは全員知った顔である。京香は彼らの視線が気になり、慌てて視界から外した。

京香は女性署員に簡単な挨拶と説明をし、復職の手続きを依頼した。

だが、手続きはすでに警務課で済ませてあるため警察手帳と携帯電話返却のサインしかすべきことはないと告げられ、京香は呆気に取られてしまった。

考えてみれば京香は制服警官ではない。彼らはいわゆる七つ道具と呼ばれる、制服、警察手帳、警棒、警笛、拳銃、手錠、そして無線機を常に身に着けていなければならないため、それに付随する手続きも多いのだが、京香のような私服刑事が携帯を義務付けられているのは警察手帳のみである。拳銃や警棒、そして手錠といった装備に関しては、犯人逮捕などに必要と考えられる場合に、警務課に届けを出して携行することになっており、貸与される携帯電話でさえ厳密に言えば義務ではないのだ。

京香は警察手帳と携帯電話を受け取るため、書類にサインをした。

しかし女性署員は、それらを瀬乃《せの》課長から受け取るようにと京香に告げた。

京香は彼女が口にした瀬乃という言葉に淡い胸の高鳴りを覚えたが、警務課の署員たちの視線が気になり、逃げるようにその場を立ち去った。

五階でエレベーターを降りてホールを抜けると、窓から鈍い外光を取り込んだ灰色のフロアが京香の瞳に映った。

長い通路がフロアを貫くように奥まで続いており、手前に配置された事務スペースには各係を仕切るパーティションがないため、課全体を容易に見渡すことができる。通路の最奥には生活安全課専用の倉庫兼資料室があり、その手前に化粧室と喫煙室がある。そしてそれらの向かいには会議室が二つあった。会議室は生活安全課以外の課が利用することもあるが、夜は主に宿直の課員たちの仮眠部屋となっている。

節約のため天井の蛍光灯が飛び飛びに抜かれた通路の奥から、人影がふらふらと近づいて来た。

京香は思わず立ち止まった。

西脇だった。昨夜とは打って変わり、死んだ魚のような目をしてまるで生気がない。しかし全身グレーずくめという出で立ちは灰色のフロアに溶け込んでいるようで、かえって異様な存在感を漂わせていた。

西脇は縒れたスーツに染み付いた煙草の匂いを放散しながら、会釈する京香を気にかけることもなく通り過ぎていった。

西脇は喫煙室から出てきたようだ。禁煙室は刑事組織犯罪対策課がある三階にもあるはずだが、なぜか西脇は五階の喫煙室を使用することが多かった。

京香は意識を西脇から自分の職場へと戻した。

エレベーターホールから一番近くにある四〇坪ほどが、生活安全課の事務スペースとなっている。各係ごとに七席のデスクを集めた島が四つ配置されており、それら全体を見渡せる場所に課長席がある。

京香は課長席付近に瀬乃を探したがその姿はなかった。登庁時間よりまだ早いせいか、どの係も席に着いている課員はまばらだった。一階の警務課とは大違いだが、生活安全課は宿直でなくとも深夜までの残業があたりまえで、ほとんどの課員は勤務開始時間の八時半ぎりぎりにやって来るのだ。

そもそも京香が所属する生活安全課の職務範囲は異常なほど広い。それ故に恐ろしく忙しいのだ。生活安全課はその名の通り、住民に密着した犯罪を担当する課とされている。分かりやすく説明すれば、刑事組織犯罪対策課が管轄しない街頭犯罪の全てを引き受けるのが生活安全課なのだ。

具体的にはマルチ商法や不法投棄、少年犯罪、風俗関連、家出人や迷子の保護などを扱うほか、近年増加しているストーカー被害や振り込め詐欺と呼ばれる特殊詐欺、ハッキング事件などの新たな形態の犯罪も主な業務対象だ。さらには風俗営業や質屋、調査業や警備業、そして銃刀類や猟銃用火薬類の許認可などの事務作業もこなさなければならない。そのため、全国どこの警察署でも一番忙しいのが生活安全課だと言われているほどだ。大崎署は管区がそれほど広くないとは言え、それらを限られた課員たちでやりくりしているのが現状なのだ。

大崎署の生活安全課には、特別法犯全般と風俗営業などを担う保安係、少年の育成や事件全般を担う少年係、地域住民の相談に対応する生活安全相談係、そして京香が所属する犯罪抑止全般を担う防犯係の四つの係がある。ちなみに特別法犯とは刑法犯以外の犯罪のことで、道路交通法違反や覚せい剤取締法違反、そして売春防止法違反などがそれにあたる。

だがそんな係の分類も形式上のもので、少ない人員でやりくりしなければならない大崎署にとって、その垣根はあってないようなものだった。しかもその中で数少ない女性課員である京香は、少年係や生活安全相談係に協力を依頼されることが多かった。相談者が女性の場合、男性では詳細な情報を聞き出すことが難しいからだ。

現在生活安全課には女性課員は京香を含めて四人しかおらず、一人は京香が休職をする直前に産休に入りそのまま育児休暇を取っているため、女性課員不足はさらに深刻である。もちろん、一年間休んでいた京香が言えた義理ではない。

京香は一番奥に配置された防犯係のデスクの島へと向かった。

フロアにいる一人一人と話すのも億劫《おっくう》なため、立ち上がって京香に挨拶をしてくる課員に応じる以外は自分から言葉をかけることはしなかった。

防犯係の島を見ると、そこには荻堂と下川《しもかわ》防犯係長がいた。

荻堂は自分のデスクに置かれたパソコンのディスプレイを眠そうな目で見つめながらキーボードを叩いていた。後頭部の寝癖がつい先ほどまで仮眠していたことを物語っている。

京香は荻堂の隣の自分のデスクを確認した。ディスプレイやキーボードには埃が被っていた。京香が仮眠時に枕に使用していた、くらげのぬいぐるみもデスクの上に置かれている。使用された形跡がないところを見る限り、今もそこが京香のデスクで間違いないようだ。

ちなみにパソコンは予算の都合上、各島に二台しか支給されていないため、年配者の多い防犯係では年齢の若い京香と荻堂の席に設置されている。だがこれが非常に迷惑な話で、年配者は自分がパソコンが使えないことを正当化するかのように、書類などの作成業務を京香たちに押し付けるのだ。

恐らく荻堂は今も誰かに頼まれた報告書でも作成しているのだろう。京香は自分がいない一年間を思うと少し心苦しくなった。

下川防犯係長に目を向けると、彼は京香の方を向いて立っていた。

実は京香はフロアに足を踏み入れた瞬間から、下川の存在には気づいていた。だが敢えて視界に入れなかったのだ。

下川は無理やり作った微笑《ほほえ》みを接着剤で固めたような顔をしたまま、両手をへその辺りに重ねるように立っている。階級は京香と同じ警部補だが年は五〇代後半、身長は一七〇センチ前後でみてくれは悪くはない。むしろ身だしなみに関しては署内で一番気を使っているのではないだろうか。ネクタイの結び目一つとってもそれが首もとから少しでも離れているところを京香は見たことがなく、ジャケットのフロントボタンも常に留めている。髪も念入りに染めているようで白髪はなく、整髪料が作り出すテカリ加減も毎日見事なほど同じである。人当たりも良く、署内で問題を起こしたという噂も聞いたことがない。だが、それだけの人間だった。

下川は常に上司や他の係長の顔色を窺い、その場にいる最も権力のある人間、もしくは波風の立たない多数派の意見へと自分を寄せていくのだ。しかしそんな下川を大崎署の従順な僕《しもべ》と断じてしまうのは早計である。彼は入庁以来四〇年近く、この組織の中で波風を立てないことだけに尽力してきたのだ。もはや立派な信念である。朝は誰よりも早く登庁し、定時になれば誰よりも早く退庁する。そして問題を起こさずに定年を迎えることだけを常日頃考えている。それこそが下川の存在意義であり、大きな組織を動かすための潤滑油として重要な役割を担っているのだ。

だが、京香は下川を上司と認めたことはなかった。そのため京香は上司の判断が必要な際は必ず、彼の直属の上司である瀬乃課長に話を通した上で下川に伺いを立てていた。そして下川もそんな京香に嫌な顔を見せることはなかった。

京香は下川に軽い会釈だけして自分の席に着いてしまおうと考えていたが、ずっと立たれていてはそうもいかなかった。しかも休職の件で下川に迷惑をかけたことは事実である。

京香は下川に近づき、彼が口を開く前に言った。

「一年間ご迷惑をおかけしてすみませんでした。生活安全課防犯係、安西京香、本日復帰いたしました」

思いのほか声を上げてしまったようで、フロア中の課員たちの視線が京香に集まった。京香は一人一人に挨拶する手間が省けると思いさらに声を上げた。

「体調は問題ありません。すぐにでも通常業務に配置していただいて構いません」

フロア全体に暫《しば》しの沈黙が流れた。

「そう。それはよかった」と下川は硬い笑みを浮かべたまま、周囲の視線を気にするように続けた。「まあそうは言っても、安西さんには暫く無理のない職務をお願いしようと思っています」

下川は部下であってもさん付けで呼ぶ。

「いえ、昨夜も現場で検証作業を行って参りましたので問題はありません。お気遣いは感謝しますが心配はご無用です」

「ああそれねえ、荻堂さんから聞いたんだけど……」と下川は眉をひそめながら視線を周囲に移した。

京香は下川がこの仕草をよくすることを思い出した。相変わらず、保身のための周囲へのアピールにしか見えなかった。

「荻堂は宿直でした。宿直の主な業務は待機しながら必要時に担当者への連絡を行うことのはずです。従って、昨夜の彼の判断は正しかったと思います。荻堂が私に連絡をくれた時、すでに日付は変わっていましたから。昨夜の報告書は私が作成し、後ほど提出します。それでは職務に戻らせて頂きます」と京香は話を切り上げた。

下川の話は長い割に要点が見えないことも京香は思い出していた。

京香が自分の席に戻ろうとすると下川がそれを止めた。

「そうですか……ああそうそう、瀬乃課長が会議室でお待ちです」

「瀬乃課長、もういらしてるんですか？」

「ええ、会議室におられます」

先にそれを言え！　と京香は思わず口に出しそうになったが、その言葉を喉もとへ引っ込めて言った。「分かりました。すぐに向かいます」

京香が急いで自分のデスクの足もとに鞄を置くと、帰り支度を終えた隣の席の荻堂が立ち上がった。

「昨夜はお疲れ様でした」と荻堂は眠そうな声を出した。

京香は荻堂の丸い腹の上のネクタイを軽く掴んで通路まで引っ張り出した。

「どう？　例のハードディスクのほうは」

京香は昨夜新崎芽衣奈の部屋から持ち出したハードディスクを荻堂に渡し、調べるように指示を出していた。

「カイシャではできませんよ。それにここのとはＯＳだって違うんですから。寮に帰らないと無理ですって」と荻堂は小声で言った。

荻堂の後頭部の寝癖が、風もないのにそよいでいる。

「そうね、同じ機種を持ってるって言ってたものね。帰ったら頼むわよ」

「まず寝ますけどね。こっちはようやく帰ろうと思ったら下川係長に報告書を書けって急に言われて大変だったんですから」

「報告書って新崎芽衣奈の？」

「そうですよ。安西さんと一緒に作りますって言ったんですが、僕一人でやれって……」

「どういうこと？」

京香はそう言ったが、すぐに察しはついた。そんな指示を下川が自らの判断で下せるはずがないからだ。

「荻堂、何か分かったらすぐに連絡ちょうだい」

「まず寝ますけどね」

京香は荻堂の力ない叫びを背に受けながら会議室へと向かった。


京香は扉をノックして会議室へ入った。

窓際で缶コーヒーを片手に持ち、携帯電話で誰かと話をする男の背中があった。

「だから宿題のノートは、パパが昨日の夜ちゃんと莉緒の鞄の上に置いといただろう。お婆ちゃんに聞いてみればいいじゃないか」

生活安全課長の瀬乃である。彼は京香に気付くと、気まずそうに掌を見せて待ってのポーズを作った。どうやら娘と電話をしているらしい。

瀬乃は一〇年ほど前に妻を亡くしており、現在は一人娘を瀬乃の母と育てていた。電話のやりとりを聞く限り、京香の休職中にも娘の母代わりになってくれるような人は現れていないようだ。

京香は担当を外された件で噛みついてやろうと意気込んできたのだが、研ぎ澄ませていたはずの牙はすっかり引っ込んでしまっていた。外で待とうかとも迷ったが、そんな瀬乃の様子をもう少し見ていたくなり、そのまま部屋の中で待つことにした。

京香は一年ぶりに入ったその部屋を見渡した。

一〇坪ほどの会議室は窓からの光を十分に取り込むことができるため、午前中は節約も兼ねて電気を点けずに運用されていた。部屋の中央にはスチール製の長机を四つ組み合わせてできた大きなテーブルが置かれ、その周りを幾つかのキャスター付きの椅子が囲んでいる。部屋に入って右側の壁には高さを調節できるスタンドに五〇インチのディスプレイが取り付けられており、その隣にある台の上にはスタンドスキャナーが置かれている。ディスプレイとスキャナーは接続されていて、書類や写真などをスキャンしてディスプレイに映し出せるようになっている。反対側の壁にはホワイトボードが設置されており、その隅には胸の高さほどの観葉植物と、重ねられたパイプ椅子が置かれている。

京香はあらためて電話を続けている瀬乃を窺った。苦笑いを浮かべてはいるが、小学生の娘にだいぶ苦戦しているようである。

少し白髪が増えたような気がするが、以前と変わらない瀬乃を見て京香は安心した。瀬乃は普段から人を寄せ付けないほどの凛々しい顔つきをしているのだが、ふいに緊張を解いた時、相手がつられて笑ってしまいそうになるほど人懐《ひとなつ》っこい表情をすることがあった。本人はそのギャップに気づいていないようだが、京香はそんな瀬乃の表情に弱かった。

瀬乃は少し縒れてはいるが体のサイズに合った上下紺の薄手の生地のスーツを着ていた。

白いシャツの第一ボタンを外し、臙脂《えんじ》色のネクタイの結び目を少し緩めている。下川の後ではだらしなく見えてしまうが、京香が働く職場に限ってはこちらのほうが仕事ができそうに思えるから不思議である。

警察署によっては私服警官に対して年に一度程度スーツ代を支給することもあるようだが、残念ながら大崎署にその制度はない。そのため薄給で働く大崎署の刑事たちは自腹でスーツを購入しなければならず、おいそれとは買い替えることができないのが現実である。当然ながら制服警官たちが着ている制服は全て支給されたものであるため、その不公平さは否めない。

瀬乃の階級は警部で、現在は大崎署の生活安全課長である。だが以前は警視庁の刑事部で活躍する敏腕刑事だったと京香は聞いている。所轄からの叩き上げで昇進したため、かなり優秀な捜査官だったはずだが、そこで何か問題を起こして大崎署に戻されたようだ。捜査中に何か重大なミスを犯したのか、あるいは京香と同じように組織の命令に背いたのか。そのどちらにせよ、順風満帆であったはずの出世コースを打ち砕かれるような降格処分を受けることになった理由は京香も知らなかった。

京香はふいに、昨夜西脇に出戻りと罵られたことを思い出した。

本部への昇進が決まっていたにもかかわらず、それを取り消されてしまった京香も、他の署員から見れば瀬乃と同じ立場の人間として認識されているのだろう。だが京香は、瀬乃と同じ人種と認識されることに悪い気はしていなかった。瀬乃は京香にとっての恩人であり、彼の存在がなければ刑事にはなっていなかったからだ。

瀬乃と出会うことになったきっかけは、父の自死だった。父は京香が高校生の時に自ら命を断ったのだ。京香は未だ父がどんな仕事に就いていたのかを知らない。父は家をほとんど留守にしていたため、京香の母でさえその詳細を知らないようだった。そんな父の特殊な職業柄のせいか、彼が亡くなった当時、京香の自宅にはかなり多くの警察関係者が出入りした。そして彼らが自分たち遺族に対してなぜか腫れ物に触るように接していたことを、京香は今もはっきりと覚えている。

瀬乃もそんな警察関係者たちの中の一人にすぎなかった。だが、彼だけはその小さな家族の不幸に寄り添ってくれた。父を失い茫然自失となっていた京香に粘り強く言葉をかけ、心を閉ざさぬよう親身に相談にのってくれた。さらには、塞ぎ込んでいた妹の栞里の幼稚園への送り迎えさえ買って出てくれたのだ。そしてその送迎は、栞里が卒園するまで一年近くも続いたのである。

なぜ瀬乃が赤の他人であるはずの家族に対してそこまで親身になって世話をしたのかは、今となっても京香には分からない。だが当時の京香がそんな瀬乃の姿に心を動かされ、警察官という職業に興味を持つようになったことは事実だった。それと同時に、京香は瀬乃に特別な感情を抱くようにもなっていった。ただそんな感情を作り上げている根源が、瀬乃に父の姿を重ねているのか、もしくは彼に対しての恋心であるのかは、当時の京香には判別することはできなかった。しかし刑事である瀬乃という漠然とした存在に、胸の高鳴りを覚えていたことだけは確かだった。

そして時が経ち、そんな瀬乃の部下として働くようになったことに、京香は浅からぬ因縁を感じていた。

瀬乃は通話を終えると携帯電話をズボンのポケットにしまった。

「待たせて悪かった。娘が宿題のノートが入ってないことに気づいて家に戻ったらしくてさ、遅刻は俺のせいだと散々責められたよ。来年には中学に上がるというのに全く手を焼かされるよ」と瀬乃は砂糖がたっぷりと入った缶コーヒーを飲み干し、その割には渋い表情を浮かべた。

照れ笑いを隠しているのだろうが、その表情は隠せていない。毎朝必ず甘い缶コーヒーを飲む習慣も変わっていないようだ。

「元気そうでよかった。体調のほうは問題なさそうじゃないか」と瀬乃は目を細めた。

署員からその類いの言葉を聞くことにはうんざりしていたが、瀬乃だけは別だった。京香が自分の身を案じて欲しいと思う唯一の人物からの言葉だからだ。待ち望んでいた太く優しい声に包まれ、京香は密かな胸の高鳴りを感じていた。こんな時、素直に相手に甘えたり、しおらしい言葉を返すことができれば、きっと梅雨の気怠さなど吹き飛んでしまうのだろう。だが、京香は瀬乃を前にするとなぜかそれができなかった。

「それより、先ほど下川係長に昨夜の報告書は荻堂一人に任せると伺いましたが、どういうことでしょうか」

瀬乃は眉をひそめて少し困った表情をした。

胸もとのペンダントトップのあたりに、チクリと皮膚を刺されたような刺激を覚えた。京香はこの表情にも弱かった。

「さっき西脇が来てな、奴から報告を受けた。そのため昨夜の事案についての概要は俺も把握している。だから報告書の作成は荻堂一人でも問題ないと、俺が判断したんだ」と瀬乃はよく通る低い声で言った。

瀬乃と西脇は同期のため、二人はお互いを呼び捨てで呼んでいた。表面的には犬猿の仲のごとく常にいがみ合っているように見えるが、その根底には信頼関係が存在しているようで署内でも二人の関係に立ち入ることのできる人間はいない。

京香が口を開こうとすると、瀬乃は続けた。「西脇が言ってた。安西の刑事としての腕は決して鈍ってはいない。だが、今の調子で仕事を続ければ一年前と同じ結果にしかならないとね。それに昨夜は鑑識の腕章をつけて現場に入ったそうじゃないか」

京香は先ほど西脇が五階にいた理由を悟った。彼は昨夜の京香の態度が気に入らず、わざわざ瀬乃に告げ口をしに来たようだ。

「昨夜の件、西脇さんの判断に不服がある訳ではありませんが、単なるアイドルの後追いと断定するのはまだ早いのではないでしょうか。遺族への十分な聞き取りを行ってから判断しても遅くはないと思います。新崎家には私が行きますので許可を頂けませんか」と京香は用件を切り出した。

「ご遺族への聞き取りには梶田《かじた》を行かせる予定だ。荻堂が書いている報告書も梶田の管理のもとで作成させることにした」

梶田は少年係のベテラン男性課員である。

「しかし今回のケースの場合、男性課員を向かわせるより私のほうが適していると思います。しかも私は昨夜臨場しています」

「それが問題だと言っているんだ」

瀬乃は凛々しい表情に戻っていた。彼は警察手帳を内ポケットから出した。京香の警察手帳だった。

警察手帳はたとえ非番時であろうとその携行を義務付けられており、金属環の付いた丈夫な紐で上着やズボン等の衣服に結びつけておかなければならない、という規則があるほど警察官たちにとって大切なものなのだ。瀬乃は、昨夜京香がそれを持たずに臨場したことを言っているのだ。

京香は何も言えなかった。

「安西、お前の気持ちはよく分かる」と瀬乃は小さく息を吐き、一つ一つ事実を確認するように話し始めた。

「一年半前、お前は当時連続して起きていた服薬自殺に事件性を疑い、その薬の出所を突き止めた。たった一錠で確実に死ぬことができるという薬を、都内の薬科大学に通う学生がセリーヌという名前を使って配布していた事案だ。

安西が主張していた通り、一連の事案には確かに事件性を疑う要素があった。そして西脇は自殺という自らの判断を覆《くつがえ》し、当時大崎署で把握できていた自殺事案全ての鑑識記録を見直した。その結果、あの薬の出所を突き止めることができたんだ。あれは間違いなく安西の手柄だった。

だが彼らは皆、殺された訳ではない。自ら死を選んだ人たちだった。セリーヌを名乗りその薬を配布していた学生も、その効力を正確に把握していた訳ではなかった。なぜなら、その薬を作ったのは別の人物だったからだ。そしてその人物はすでにこの世にはいなかった。

だから本部は一連の事案を事件としては扱わなかった。もしそんな薬が実在したことがマスコミに漏れれば、それを模倣する何者かが現れる可能性があったからだ。そういった薬の需要は我々が思うより遥かにある。この時代だ、薬剤に詳しい人間がネット上にその作り方を公開すれば、その情報は瞬く間に拡散されてしまうだろう。もしそんなことになれば薬を欲しがる人々が溢れ、その需要が膨れ上がってしまう可能性さえある。世間にその薬の価値を気づかせてはならないというのが当時の本部の考え方でもあったんだ。

だがお前はその決定に従った大崎署の判断に不服だった。そしてその後も自殺事案が発生するたびに事件性を疑い、俺の命令を無視してまで半年もの間捜査を続けた。

安西。もしお前が今回の自殺を一年半前の事案と結びつけようとする行動を取るのであれば、今度は休職どころではすまないぞ。昨夜のことは大目にみるが、今度はもう俺の立場では庇《かば》うことはできない」

瀬乃は手にしていた警察手帳を長机の上に置いた。続いて大崎署から貸与されている京香の携帯電話をポケットから取り出して隣に添えた。

「条件付きの復職、ということですか」と京香は投げ捨てるように言った。

「茉里ちゃんが亡くなったことは同情する。確かに彼女が亡くなったのは一連の服薬自殺の直後だった。だが彼女の死はそれらとは関係ない。ましてや今回の事案とも。いい加減受け入れるんだ。お前がどう足掻《あが》いたところで、栞里ちゃんはもう戻ってこない」

京香はこぼれ落ちそうになった涙を堪えるように天井を見つめて言った。「瀬乃さんには私の気持ちなんて分からないと思います」

まるで子供が親にするような物言いだった。だがそれ以外に言葉は浮かんでこなかった。

「これでもお前の気持ちはよく分かっているつもりだ。だがな、俺たちは組織の中で犯罪を取り締まることしかできないんだ。そこにどんな理由があったとしても、私情を持ち込むことは許されることではない」

瀬乃はその警告をするために、京香に直接警察手帳を渡すつもりだったのだ。

「分かってます」と京香は返答するしかなかった。

「昨夜の事案は梶田と荻堂に任せる。安西には暫くの間、生活安全相談係の手伝いを命じる」と瀬乃は警察手帳と携帯電話をあらためて京香に差し出した。

「承知しました。失礼します」

京香は警察手帳と携帯電話を受け取り、その部屋を後にした。

洋服の一部がはみ出したスーツケースを転がす四二才の女性と共に、京香は大崎署を出た。

日が出てまだ浅い時間帯ではあるが、外はすでに蒸し暑かった。小鳥のさえずりと蝉の鳴き声が、どこからともなく聞こえてくる。

女性のスマートフォンが可愛らしい音色を奏で、着信を伝えた。彼女はスマートフォンのディスプレイを確認すると、急いで応答した。

「コージくん？　うん……今から帰る。心配した？　ううん、こっちこそごめんね」と女性は指で髪をいじりながら、少女のような口調で相手と話を続けている。

髪を極端に明るく染めたその女性はブラジャーの線が丸見えになるほど背中が大きく開いたトップスを着て、年齢に相応《ふさわ》しいとは言い難いミニスカートを穿き、素足にサンダルという装いをしていた。

女性は電話を切ると京香に尋ねた。「あのう、謝礼金って出るんですか？」

京香は思わず絶句しそうになったが、どうにか答えた。「謝礼金……ですか。あいにくそういうのはうちの署では用意がありませんでして」

あたりまえである、他の署にもない。

確かに捜査に協力するために呼び出され、長時間にわたって事情聴取を受けた場合は、その謝礼として日当が支払われるという規定は存在する。その金額は決まっている訳ではないが、四時間以内で五〇〇〇円程度、それを超えると七〇〇〇円程度が相場となっている。捜査に協力するために、仕事を休まなければならない人もいるからだ。

だが彼女の場合、謝礼金など断じて発生しない。当然ながら、京香は一円たりとも支払うつもりはない。

女性は不服そうな顔を浮かべて言った。「ふーん。ま、ネットカフェ代が浮いたからいいか」

京香は愛想笑いを保っているつもりだが、今自分がきちんと笑えているかどうかは自信がない。

「DVされたらまた来るわ」と女性はつい先ほどまでの、少女のような口調とは別人のような太い声を出した。

「またなにかあれば、どんなことでもすぐに相談にいらして下さい」と京香は頭を下げた。

女性は京香に背を向け、洋服がはみ出したスーツケースを引きずりながら山手通りを五反田方面へと歩いていった。

もう二度と来るな、という気持ちで京香はその女性を見送った。そもそも見送る筋合いなどないのだが、一刻も早く大崎署から出て行って欲しかったため、わざわざ彼女と一緒に外へ出たのだ。

その女性は昨夜一時を過ぎた頃、内縁の夫からＤＶを受けていると大崎署の総合受付に飛び込んできた。宿直だった京香は、一階にいた署員から彼女を引き継ぐ形で事情を聞くことになったのだ。そして彼女は京香が女であることを幸いとばかりに、その男性との出会いから現在に至るまでを克明に話し始めた。さらにはその男からストーカー被害まで受けていると言い出し、挙げ句の果てには被害届を飛び越して告訴したいとまで詰め寄ってきたのである。

しかしその女性が知っていたかどうかは分からないが、警察は告訴という言葉を聞くとその被害者に対する扱いに、慎重にならざるを得ないのだ。

告訴は被害届と同じように、被害にあった時に行う行為である。だが告訴の場合、犯人を処罰してほしいという明確な意思表示を伴う点が被害届とは異なる。また告訴は警察だけでなく、検察に対しても行うことができる。これは、被害届の場合は警察はその事件を必ずしも送検しなくてもよいが、告訴の場合は必ず送検しなければならないということだ。つまり被害届であれば事件がその後どうなったかを被害者に知らせる義務はないが、告訴の場合は事件の行方を告訴人に知らせる義務が発生してしまうのだ。

もし警察がはっきりと事件性を認めることができない事案まで送検したりすれば、いくら人手があっても瞬く間に足りなくなってしまうだろう。よほど重大な犯罪でない限り被害届で済ませてほしいというのが警察の本音なのだ。

話を聞くと、その女性は内縁の妻というほど相手の男性と長い期間暮らしてはいないようで、単に喧嘩した勢いで自宅を飛び出して来たにすぎなかった。相手の男性は一回り以上年下だそうで、喧嘩の原因は彼の浮気だった。また、女性が訴えていたようなＤＶやストーカー行為があったかどうかは、彼女の話の中からは確認することができなかった。スーツケースまで持ち出して飛び出して来たのだから相当な喧嘩だったのかもしれないが、女性に怪我はなく、服装にも争った形跡は見当たらなかった。

要するに京香は、彼女の交際相手のギャンブル癖や酒癖の悪さ、さらにはその男性の性癖に至るまでを、小さな会議室の中で一晩中聞かされたのである。

だが相談の発端がＤＶ被害であったため、生活安全課の京香としてはその女性を無下に帰す訳にもいかないというジレンマがあった。このご時世である。後に万が一彼女に何かあった場合、大崎署に相談に来たという記録は残るため、メディアに責め立てられるのは警察なのだ。

結局のところ、その女性は告訴状も被害届も出すつもりはさらさらなかったようだが、謝礼金がもらえると本気で考えていたようである。そしてネットカフェの代金が浮いたなどと軽々しく言うとは、警察を朝まで時間を潰すための場所ぐらいにしか考えていないのだろう。彼女は税金を支払っている者の当然の権利だとでも思っているのだろうが、最近そういう輩が増えてきていることは事実ではあった。

ブラジャーの線が丸見えの背中が見えなくなるまで見送ると、京香はさっさと庁舎に戻った。


京香は一階中央の薄暗い休憩スペースに設置された自動販売機で冷たい缶コーヒーを買い、エントランス付近のカウンターに戻った。『総合受付』というプレートが天井から吊るされた簡素なカウンターである。

日本の警察署は諸外国に比べると、一般の人々の出入りが多いと言われている。そこには運転免許関係や道路使用許可の手続きなどを担当しているという理由もあるが、区役所のような庁舎内の簡素なデザインがその敷居を下げているのかもしれないと京香は考えていた。

京香は静かなフロアを見渡した。奥に見える警務課では、夜勤明けの二名の課員が眠そうに席に着いている。今日は採用説明会はないため、他の課員たちの登庁も通常通りのようだ。採用説明会は警務課の担当ではあるが、毎年他の課員たちもその応援に駆り出されるため京香がその手伝いに回されなかったことはせめてもの救いだった。だが、先ほどの女性のように曲がった権利意識を持った人々を相手にしなければならないのであれば、初々しい正義感に溢れた若者たちと接しているほうがまだましなのかもしれない。

時計を見ると、午前六時を過ぎていた。山手通りはそろそろ交通量が増え始め、出勤する人々の数も増えてくる時間帯である。一方の京香は、あと数時間で長い勤務から解放される予定である。そう思うと、少しは体が楽になった。

京香は昨日の午前八時三〇分より勤務を続けているため、疲労はすでにピークに達していた。京香の課では基本的に四交代制となっており三日目に第二当番という勤務形態となるのだが、月に一度早出第二当番という役が回ってくる。これが二四時間勤務であり、京香は昨日からその番に当たっていた。二四時間の中には仮眠の時間が五時間設定されているのだが、昨夜の女性のように相談が入ったり、事件などで現場に駆けつけたりすれば、寝る時間を削って勤務することになるのだ。

さすがの京香も今朝ばかりは睡魔を感じていた。体が平衡感覚を失い、脳から意識が分離していくような、そんな心地よい感覚を久しぶりに味わっていた。今日ばかりは翔に頼る必要もなく深い睡眠がとれるはずである。京香は早くも自宅のベッドが恋しくなっていた。

京香は椅子に座ってしまうと本当に寝てしまいそうなため、もう暫く立っていることにし、買ってきた甘い缶コーヒーの蓋《ふた》を開けて一気に半分ほど飲んだ。脳に糖分が補給されていくような高揚と、喉もとから冷たい感触が体の中に染み入っていく安らぎを感じた。だが、汗はなかなか引かなかった。口内には苦味と乳化剤が纏わりつくような不快感が残り、逆に少し気分が悪くなった。

京香が飲んだ缶コーヒーは瀬乃が好きなメーカーの定番商品である。しかしこれを毎朝の習慣として飲むのはやはり体に悪そうだ。

ブラウスの第一ボタンと第二ボタンを外し何度か深呼吸をすると、気分は少し落ち着いた。制服警官でなくてよかった、と京香はこんな時につくづく思う。特に夏場の女性制服警察官たちは、汗で下着のラインや柄が見えないようにその上にアンダーシャツを一枚着て、その上にシャツと上着を着なければならない。これは警察が常に公衆の視線を気にしているという理由にほかならないが、早い話は女性警官に対しての性的な視線を排除するといった意味合いのほうが強い。京香も以前は交通課に配属されていたためそのつらさは十分に承知しているが、彼女たちは勤務中にシャツの第一ボタンさえ外してはならないのだ。

山手通りを覆っていた長いビル影が移動し、夏の陽射しが路面を照らした。

京香が復帰してから二週間が経っていた。一年間も休んだ体できちんと職務をこなせるかという不安しかなかったが、どうにか復帰という山を越えることができたことに、京香は少なからず安堵していた。心配していた体力面においても問題はなさそうである。皆が気を使ってくれているのだろうが、署員たちとの関係も以前と変わらないと言えるだろう。だが肝心の職務内容はというと、復帰以来ずっと生活安全相談係の手伝いのままだった。

生活安全相談係の仕事は、日常生活で困っている住民の様々な相談に対応し、その解決のための助言などを行うことである。そのため相談内容は、ストーカー行為による被害、近隣住民との騒音トラブル、脅迫や怪しいメールが届いたなど、多岐にわたる。特にストーカー被害や配偶者からの暴力といった身の安全に関わる相談は、迅速かつ慎重に対応する必要がある。また住民が安心して毎日を暮らすことができるよう、気軽に相談できる雰囲気作りも、生活安全相談係の仕事である。

もちろん、京香は署内の仕事に優劣をつけるつもりはない。むしろ係や課に関係なく、どんな仕事でも協力をしたいと考えている。ただでさえ人手不足の大崎署において、女性署員の数は男性署員に比べ圧倒的に少ないのだから当然だ。また頼られることにも悪い気はしなかった。

だがこのまま窓口や電話口で住民からの相談に対応する毎日が続くのかと思うと、果たして復職という選択は正しかったのだろうかと、京香はつい考えてしまうのだった。

復帰初日に新崎芽衣奈の部屋から京香が持ち出したハードディスクは、その後荻堂が彼の寮で解析を進めているはずだ。だが、未だ彼からの連絡はない。京香は荻堂と毎日顔を合わせてはいるが、彼も忙しいためその成果をせっつく訳にもいかなかった。ましてや現場から勝手に持ち出した遺品である。署内で堂々とそんな話ができるはずもない。しかし荻堂は何か重要なネタを手に入れると、それを一人で抱えることができない性格である。そのためもし彼が何か見つければ、必ず京香のもとに連絡を入れてくるはずである。京香は荻堂からの連絡をじっと待つほかなかった。

また後追い自殺には京香の知る限り、その後新たな自殺者が出た様子はなかった。そもそもアリスエイジの中心的メンバーであった三笠ほのかが自殺してから半年以上も経っているのだ。今ではメディアもすっかり三笠の話題から遠ざかっているため、後追いと騒がれるのも今回の新崎芽衣奈が最後かもしれないと京香は感じていた。残念ながらこちらのほうも、京香は新たな事案が発生するのをじっと待つことしかできなかった。

そもそも担当を外され、生活安全相談係の手伝いとしてこうして窓口に立っている京香は、手足を縛られているようなものだった。問題を起こして事実上の停職処分を受けた署員が、復帰後すぐに新たな問題を起こしでもすれば、その責任は課長を飛び越えて署長にまで及ぶだろう。京香もこれ以上大崎署に迷惑をかけるつもりはなかった。

京香はまさに動くに動けない状態だった。そして大崎署の思惑通りになっている自分がもどかしかった。

このまま毎日住民からの相談に対応することだけが自分の職務になってしまうのだろう

か、と京香は表面に無数の水滴がついた缶コーヒーを見つめた。

今さらながら、京香は復帰初日から身勝手に動きすぎてしまったことを悔やんだ。一年ぶりの職場、しかもそれが臨場だったため、必要以上に気負ってしまったのだ。瀬乃はそんな京香の心情を見透かすかのように、防犯係から遠ざけたのだ。一年前と同じ結果となってしまう前に……。

今の処遇が身から出た錆であることは十分に承知していた。だが、京香は自分がこの職場に復帰した理由さえ見失いそうな自分が怖かった。

京香は胸もとのペンダントトップを握りしめ、そっと目を閉じた。

父の自死を共に乗り越えてきたはずの栞里が、なぜ自殺などしたのか。いや、栞里はなぜ自殺しなければならなかったのか。京香はそれを解明するために復帰したはずだった。だが警察という組織を私情のために利用するのであれば、それこそ京香も先ほど見送った女性と同類になってしまう。京香は復帰さえすれば、抱えていた苦悩が少しは軽くなると期待していたが、逆にどこまでも深い闇に沈んでしまいそうなほど重くなっているような気がした。

栞里の自殺を一つの線に繋げることなど、やはり雲を掴むような話なのだ。昨日関東甲信に出された梅雨明け宣言とは裏腹に、京香の心に晴れ間は見当たらなかった。

「あの、すみません。安西さん、ですよね」

聞き覚えのない声が、考えに耽《ふけ》っていた京香の意識を現実に引き戻した。

胸もとに赤いリボンを下げた高校の制服を着た少女が、窓口の前に立っていた。

少女の身長は京香と同じくらいだが、その体の細さのせいで一回り小さく見える。長い手足と小さな顔が彼女をいっそう小柄に見せているようだ。

京香はその少女と面識はなかった。だが彼女はたった今、はっきりと京香の苗字を呼んだ。つまり、その少女は京香に用があって大崎署へ来たということになる。

「自信なかったんですけど、そのネックレスを見て、やっぱりそうだって」

濁りのない少女の瞳は、京香を射抜くように見つめている。

京香はその少女の言葉の意味が分からなかった。だが、彼女の顔には見覚えがあった。写真を見たことがあるのだ。いや、同じ顔の遺体を拝んだことがあると言ったほうが正しいだろう。京香の目の前に立つ少女は、その遺体と同じ顔をしているのだ。

ただその顔には、ほくろがなかった。

第3章　ジェリーフィッシュの記憶

西陽がビルに隠れ、国道が長い影に覆われた。歩道を行く人々は日陰を探しながら歩く必要はなくなったが、気怠そうな表情に変わりはなかった。

安西京香は五反田駅を西側に出て目黒川を渡り、桜田通りを少し歩いた場所にあるカフェのカウンターの前に立っていた。すでに注文は済ませていたが商品の受け渡し場所には数人の列ができていたため、もう暫く待たなければならなかった。

京香は広々とした店内の窓側の席を窺った。

赤いリボンが特徴の制服を着た女子高生が姿勢良く座り、影に覆われた街並みをじっと眺めている。その華奢な体から伸びる手足は、小さなテーブルや椅子に収まりきらないほど長く優雅に見えた。

その少女は、先日亡くなった新崎芽衣奈の双子の姉、芽衣葉《めいは》である。

今朝、芽衣葉がなぜ京香を訪ねて大崎署へ来たのかはまだ分からなかった。京香は総合受付で話しづらそうにしていた芽衣葉を見て、その場では連絡先のみを交換し、彼女の学校が終わる夕方にあらためて待ち合わせることにしたのだ。恐らく警察署の中では話せないような内容なのだろうと京香は推察していた。

芽衣葉が着ている制服は、北品川にある女子校のものだった。都内では名の知れた名門高校で偏差値も高く、有名芸能人なども輩出しているため、その制服に憧れる女子も多いようだ。

東五反田にある芽衣葉の自宅から北品川の高校までは自転車で通えない距離ではないが、通常であれば電車を使うはずである。それを自転車で、しかもわざわざ大崎署の前を通ってきたということは、芽衣葉は警察に用があったとしか考えられなかった。いや、彼女は京香に用があったのだ。しかも芽衣葉の来署が早朝だったことを考えると、彼女は随分前から京香を探していた可能性もあった。

芽衣葉はなぜ京香の苗字を知っていたのか、そしてなぜ京香を探していたのか。ましてや、彼女はくらげのペンダントトップのことまで知っていたのだ。京香は過去の事案を振り返ったが、芽衣葉との接点を見つけることはできなかった。

京香は人の顔を憶えることに関しては自信があった。入庁してすぐに配属された交通課では、全国の指名手配犯全ての顔を正確に記憶していたため、職務質問をきっかけに手配犯を割り出して逮捕に繋げたケースは何度もあり、その手柄を表彰されたこともあるほどだった。京香はこの能力のおかげで刑事になることができたといっても過言ではなかった。この能力は犯人にだけでなく、被害者や相談を受けた住民にも及ぶため、京香はこれまで職務で関わった人々の顔を全て憶えているはずだった。だが、京香と芽衣葉との間に直接的な接点は見つからなかった。

京香は今朝夜勤が明けて一度帰宅したのだが、ベッドに入っても芽衣葉のことばかりを考えてしまい、結局は一睡もできぬまま待ち合わせ場所へとやってきていた。

店員がカウンターの中からアイスコーヒーとホイップクリームがふんだんにのせられたドリンクを、押し付けるような笑顔と共に京香に差し出した。

京香はドリンクを受け取ると、窓際の席へ戻った。

芽衣葉はドリンクの礼を言うとホイップクリームの真ん中にストローを刺してテーブルに置いた。彼女がリクエストしたはずのドリンクだが、それを口にすることもなく視線をテーブルに落としている。何から話すべきか悩んでいるようだ。

京香はあらためて芽衣葉を眺めた。張りのある肌にはっきりとした目鼻立ちをした芽衣葉は、そこに何かを加える必要のないほど美しかった。だがそんな外見とは裏腹に、彼女には始終おどおどしているような印象があった。

芽衣葉に対して聞きたいことはたくさんある。しかし一番重要なことは、彼女が伝えようとしていることの全てを正確に聞き出すことである。もし京香がそれを差しおいて一方的に質問をすれば、何かを伝えようとする彼女の気が変わってしまう恐れもある。慎重になりすぎるのは刑事の悪い習性かもしれないがここはマニュアル通り、当たり障りのない会話から始めることにした。

「今朝は訪ねて来てくれてありがとう。私のことは京香と呼んでくれればいいわ。芽衣葉ちゃん、学校にはいつから？」と京香はあえてお互いのファーストネームを持ち出した。

芽衣葉はとても小さな声で、ぼそぼそと呟くように話し始めた。

「学校は一週間ほど休んで、先週からまた通うようになりました。友だちはみんな気を使ってくれてはいますが、正直居心地はよくありません。居心地が悪いのは家に帰っても同じなので、慣れるしかないのかもしれませんけど。

父も先週海外から帰ってきたのですが、今の仕事はもう辞めると言ってます。母もほとんど話さないようになってしまいました。二人ともずっと家の中にこもっているだけです。まるで家の中の全ての時間が止まってしまったようで……」と芽衣葉は言葉を詰まらせた。

妹を二週間前に亡くしたのだから当然である。京香はそんな芽衣葉の言葉に、優しく頷《うなず》くことしかできなかった。

芽衣葉は呼吸を整え、京香の顔色を窺うように続けた。「あの、私、栞里ちゃんとは中学三年の時、同じクラスだったんです。それで栞里ちゃんからお姉さんの話をよく聞いていました。でも、お互い違う高校に進学してからは、ほとんど連絡を取らなくなってしまいました。だから栞里ちゃんが亡くなったことを聞いた時は、とても驚きました。それで京香さんなら私の話を聞いてくれるかもしれないと思って、何日か前から警察署の中をこっそり覗いたりしてたんです」

やはり芽衣葉は京香に用があったようだ。しかしあろうことか、栞里と芽衣葉が同じ学校に通っていたとは思いもしなかった。そんな単純な繋がりになぜ早く気づかなかったのか、いやもっと深く考えていれば気づいたはずである。復帰すぐの臨場だったとは言え、その状況を冷静に判断できていなかったことは、京香の注意不足としか言いようがなかった。

「そうだったの、それでこれを知っていたのね」

京香はネックレスに通されたくらげのペンダントトップを軽く持ち上げて芽衣葉に見せた。

「ええ、お姉さんにもらったって大事にしてました。栞里ちゃん、お姉さんのこと自慢してました。綺麗で優しくて、それでいてかっこいいって。私も今日こうして京香さんに会えて、栞里ちゃんの言ってた通りだって思いました」

京香は思いがけない芽衣葉の言葉に胸の奥が締め付けられた。

「私今日は……妹の件で相談したいことがあって警察署へ行ったんです」

「どんな相談でも聞かせてもらえると助かるわ。それが私の仕事だから」

芽衣葉は事前に準備していた話を確認するようにゆっくりと話し始めた。

「妹は明るくて、愛嬌があって、話も面白くて、いつも友だちの輪の中心にいました。同性だけじゃなく、先生や他の学校の異性からも人気がありました。私はそんな芽衣奈に、どうにか成績で並ぶのがやっとでした。私はいつも芽衣奈の陰に隠れているばかりだったんです。だから、そんな自分を変えたくてモデルの仕事にチャレンジすることにしたんです。でももし、芽衣奈が死んだ理由がそのせいだったら……」と芽衣葉は再び声を詰まらせた。

恐らく芽衣葉は、多くの思春期の子供達と同様に自分の内面に自信がないのだろう。だが少なくとも京香の目には、彼女は雑誌の中から飛び出してきたモデルのように映っていた。芽衣葉の目にも、妹の容姿は同じように映っていたはずである。なぜなら二人は双子であり、ほとんど同じ容姿をしているのだから。芽衣葉はそんな妹を見て、少なからず自らの外見への自信に繋げていたはずだ。だから思い切ってモデルの仕事にチャレンジしようと考えたのだろう。だが芽衣葉は、自分がモデルの活動を始めたことに罪悪感を抱いているのだ。

新崎芽衣奈はほくろがあるためにモデルという仕事は選べなかった。そのため、芽衣葉は自分だけがモデルの仕事にチャレンジしたことで妹を深く傷つけてしまったのではないかと考えているようだ。確かに新崎芽衣奈はほくろを気にしていたはずだ。姉にはなくて、自分の顔だけにある大きなそれを。そしてそれが、彼女を自殺に向かわせた理由の一つのはずである。でなければ、死ぬ前にほくろを切り落とす行為などしなかったはずだ。だが芽衣葉の話によれば、妹はほくろなど気にしないほど快活な女の子だったようだ。悩みというものは時として、それを抱えた本人にしかそのつらさが分からないものなのだ。

しかし、彼女が死に向かった理由はもう一つあるはずである。少し気が引けたが、京香はそちらのほうの質問を切り出すことにした。

「妹さんは、アリスエイジのファンだったのよね」

「いいえ。違います」

これまでの芽衣葉とは思えないほどはっきりとした口調だった。

「芽衣奈は三笠ほのかのファンではないんです。ファンだったのは私のほうなんです。その、うまく説明できないんですが、ポスターを買ったのが、ちょうどモデルの仕事を始めた頃だったので少し大人ぶっていたというか……部屋にアイドルのポスターを貼るなんて、なんかちょっとかっこ悪いかなって思えちゃって。それで悩んでたら、芽衣奈が自分の部屋に貼ってもいいよって言ってくれたんです」

京香は、新崎芽衣奈の部屋にアリスエイジのポスター以外に関連グッズが一つもなかったことに違和感を抱いていたが、その理由が分かった。彼女の言葉が正しければ、新崎芽衣奈の自殺はアイドルの後追いではなかった、ということになる。

「芽衣葉ちゃん、家に何度か警察の人が来たと思うけど、彼らには伝えた？」

「お母さんと話すばかりで、私の話はほとんど聞いてもらえませんでした」

新崎芽衣奈の担当になった少年係の梶田は、仕事熱心なベテラン刑事である。だが日頃から非行少年ばかりを扱っているせいか少し威圧感があり、話を聞いてもらえるという安心感には欠けていた。特に芽衣葉のような性格の少女から見れば、梶田には近寄り難いオーラが出ているはずだ。梶田の隣には荻堂もいたはずだが、上司の陰に隠れるように小さくなって座っていただけだろう。京香は瀬乃の指示に反してでも、新崎芽衣奈の担当になるべきだったと後悔した。

「京香さん、妹は本当に自殺なんでしょうか」と芽衣葉は力強く京香の瞳を射抜いた。

その言葉には、京香の鼓動を止めるほどの力が宿っていた。

妹は本当に自殺だったのか。それこそが今朝、芽衣葉が京香を訪ねてきた本当の理由だったのだ。芽衣葉を前にした京香は、まるで自分自身を見つめているようだった。不幸にも若くして自分と同じ境遇に立ってしまった少女は、妹の自死を受け入れられずに苦しんでいるのだ。それは、姉の自分だけが生きているという決して逃れることのできない苦しみだった。

姉妹や兄弟だけに限った話ではない。親を自死で亡くした子も、子を自死で亡くした親も、その苦しみを抱えていくことになるのだ。そしてその悲しみの根源にあるのは罪悪感だ。もしあの時異変に気づいていれば、もしあの時温かい言葉をかけていれば、と遺族は当時の自分を悔いることしかできない。残された遺族はその罪悪感を抱えながら生涯を生きていかなければならないのだ。

目の前の少女に、ただ同情することしかできなかった。京香は芽衣葉にハンカチを差し出されるまで、自分の涙に気がつかなかった。

「ごめんなさい……」と京香は涙を拭いた。

白い生地のハンカチには『MEIHA』と刺繍が入れられていた。

芽衣葉は、まるでこれから罪を告白するかのような表情を作って言った。「京香さん、一つ変なことを聞いてもいいですか？」

京香は止まらない涙を芽衣葉に借りたハンカチで拭きながら言った。「ええ、力になれるならどんなことでも」

涙を流しながら相談者の悩みを聞く自分は刑事失格である、と京香は思った。

「セリーヌっていう言葉をご存知ですか」

一瞬、京香はその言葉の意味が理解できなかった。言葉とそれが持つ意味とが、分離したまま宙に浮かんでいるようだった。だがその言葉には、京香の溢れ出る涙を凍らせるほどの力が宿っていた。

返答に窮する京香を見て、芽衣葉は続けた。「知らないですよね」

京香は慎重に言葉を選んで言った。「その言葉はどこで？」

「私がそれを知ったのは、高校に入った頃だったと思います。でもその言葉自体はもっと前からあったようです」

京香は芽衣葉の言葉に強烈な違和感を覚えた。

芽衣葉は続けた。「それ、死神の名前なんです」

「死神？」

「その死神に会うだけで安らかな死を手に入れることができるんです。都市伝説みたいなものだとは思うのですが、芽衣奈が死んで以来、どうしてもその言葉が頭を離れないんです……」

京香はその名を知っているとは安易に言えなかった。警察はその名を公表していないからだ。だが違和感はその言葉の前にもあった。芽衣葉はその名を知ったのは高校に入った頃と言った。栞里と同級生だった彼女は今高校三年生のはずである。それを考えれば、その名を知った時期は少なくとも二年以上前の話ということになる。しかしセリーヌという名を使い、確実に死ぬことができる薬を配布していた薬科大生の事案は、それ以降に発生した。しかもそれは京香が解決した事案である。セリーヌという言葉がそれ以前に世間に出回っていたなど、到底考え難かった。

「すみません、忘れてください。私、どうしても芽衣奈の自殺を認めたくないだけなんだと思います。考えすぎだとは分かっているんですが、どうしても納得がいかなくて。変な話をしてすみませんでした。そろそろ帰らないと親が心配するので」

あちこちに飛び散った思考を整理できない京香は、頷くことしかできなかった。

芽衣葉は立ち上がると、鞄の中から可愛らしい付箋紙を取り出して京香に差し出した。

「それとこれ、なにかの役に立てばぜひ使って下さい」

そこにはアルファベットの大文字や小文字、そして数字が綴られていた。

「これは？」

「芽衣奈のパソコンのＩＤとパスワードです。パソコンに繋がっていたはずのハードディスクがなくなっていたので、もしかしたら警察の人が調べてくれているのかと思って」

京香は良心の呵責に苛まれ、正直に打ち明けることにした。

「実は警察は妹さんの件を事件として扱ってはいないの。だから私が個人的に調べてみようと思って、黙って持ち出してしまったの。ごめんなさい」と京香は立ち上がって頭を下げた。

「そうだったんですね、でも京香さんに調べて頂けるのなら構いません。うちはスマホが禁止なので、ＳＮＳとかは全部パソコンを使ってるんです。だから芽衣奈の情報は全てあの中に入っているはずです」

「ありがとう」と京香は付箋紙を受け取った。

芽衣葉は一礼すると、ハンカチを京香に預けたまま店を出て行った。

五反田の街はすでに街灯とネオンの光に包まれていた。

京香は水槽に手を入れ、カラージェリーの触手にスポイトを近づけた。スポイトの中にはブラインシュリンプの幼生が入っている。くらげの餌やりは、植物に水をやるような感覚に近い。スポイトを使ってくらげの触手にそっと餌をかけるのだ。注意しなければならないのは餌の与えすぎである。餌を与えるとそれだけ水が汚れるため、その量には十分に注意しなければならない。彼らは水質に敏感な生き物なのだ。

京香はスポイトを引き上げ、青白い空間の中に浮かぶカラージェリーたちを眺めていた。

自然が作り出した水流も、サーキュレーターが作り出した水流も、彼らにしてみれば大して変わらない。ただ、そこにある水の流れに漂うだけである。彼らには神経はあるが脳はないからだ。長い年月をかけ、そう進化してきたのだ。

一方の人間はそんなに単純にはいかない。人間は社会性を進化させ、その種を繁殖してきた生物だからだ。

一〇〇万年前に生きていた人類の生態的地位は、ハイエナの下に位置していたという。だが彼らはハイエナたちを倒すための肉体的な進化よりも、火を手懐《てなず》けることを選んだ。次に、そこに存在しないものについての情報を伝達する能力を身につけた。それは見たことも触れたこともない、ありとあらゆる存在についてを伝えることのできる、言葉である。彼らはやがて神を作り、社会を作った。そして自らを人間と名乗るようになった。だが宇宙を探しても神はいないし、国も、お金も、時間も、そして法律さえも実在はしない。それらは人間の想像の中にしか存在していないものだ。しかし人間は、自分たちが作り上げた社会の中でしか生きていくことができない。その社会に属さないということは、生存と繁殖を放棄することも同然なのである。我々の遺伝子は、祖先が社会を作り上げた時から、そう書き換えられてきたのだ。そして人間が作り出した社会は一つではない。どこかの社会に属せば、そこがその人にとっての世界となっていく。

今の京香にとっては大崎署こそが世界だった。京香は一年ぶりに復帰できた社会の中で、再びその一員として存在できる充足を感じていた。休職していた一年間、京香はどの社会にも属していないという孤独を強いられていたからだ。高校を卒業してすぐに入庁した京香にとって、その社会を奪われるという経験は、世界から自分の存在を消されてしまうことと同じだった。人間は社会の中でしか生きていくことができない。そんな性質に、京香は無意識のうちに飲み込まれていたのだ。

そんな京香からみれば、芽衣葉は強かった。彼女は妹の死に深い悲しみを抱えながら、たった一人で警察へ向かったのだ。妹は自殺ではなかったと信じて。そんな芽衣葉を思うと、京香は社会の中でその目的さえ忘れかけていた自分に嫌気がさした。

京香は芽衣葉からもらった付箋紙をポケットから取り出した。そして、そこに書かれていたＩＤとパスワードをスマートフォンに打ち込み、荻堂に送信した。念のため、送受信にはお互いのプライベートのスマートフォンを使うことにした。

京香はスマートフォンをベッドサイドテーブルに投げるように置き、着替えもせずにベッドに横たわった。

水槽の青白い光が暗い部屋にぼんやりと浮かんでいるようだった。

もう起き上がることができないほど体は疲れていた。二四時間連続で勤務を続け、芽衣葉と会う前も一睡もできなかったのだから当然である。だが気持ちは異常なほどに昂《たか》ぶっていた。

今夜も眠れないかもしれない、と京香は思った。だがあちこちに飛散したままの思考を整理するにはむしろ都合が良かった。

京香は栞里と芽衣葉の接点に気付くことはできなかった。しかし考えてみれば芽衣葉の家は京香の実家からそう離れてはいない。そこで気になるのは、栞里と芽衣葉の関係の深さだった。京香が把握していた栞里の友人の中には、芽衣葉も芽衣奈もいなかった。もちろん妹の友人関係の全てを把握していた訳ではないが、そのどちらの名前すら聞いたことがないということは、一度同じクラスになった程度の関係なのかもしれない。そして芽衣葉は妹を自殺で亡くしたことをきっかけに、一年半前に自殺した栞里を思い出した。そこで、自分と同じ境遇の京香を頼ることを思いついたのではないか。

もし京香が刑事でなければ、芽衣葉は相談に来なかった可能性もある。だがそれは、彼女が妹の死に事件性があることを疑っているからこその行動だったとも言える。つまり芽衣葉は警察に、妹の死因をもっと詳しく調べて欲しいと訴えているのだ。

今日の芽衣葉の言葉を整理すると、彼女が京香に伝えたかった用件は二つあった。一つは、妹は本当に自殺をしたのかという疑問。そしてもう一つは、京香がセリーヌという言葉を知っているかという確認だった。

　はっきりとした理由がある訳ではないが、芽衣葉が本当に伝えたかったのは後者のほうだったのではないかと京香は感じていた。

　だが芽衣葉が発したセリーヌという言葉は、京香が把握していたそれとは異なる意味合いを持っていた。言葉は同じであっても、そこに内包された物の全てが違っているのだ。そもそも京香がその言葉に対して持つ意味とは、懲戒処分を下される起因となった事案でしかなかった。

　一年半前、大崎署の管区及びその近隣で服薬自殺体が連続して発見された。だが薬を服薬して自殺をはかるという方法は、飛び降りや排気ガス吸引などに比べて確実に死ぬことが難しく、近年では嫌厭《けんえん》される傾向があった。現在販売されている市販薬は安全性を重視して開発されているため、それらを大量に服用したとしても簡単に死ぬことはできないからだ。そのため、京香は連続する服薬自殺という不自然さに疑問を抱いたのだ。

　そして京香は荻堂と共に一連の服薬自殺の調べを進め、ある薬を配布していた人物を突き止める。それは都内の薬科大学に通う学生だった。その学生は自分と同じ苦しみを抱える人々を救うために、たった一錠で死ぬことができる薬を配布していたのだ。その際に学生がＳＮＳ上で使用していた名前がセリーヌだった。それが京香が知るセリーヌの全てだった。

しかし今日耳にしたセリーヌという言葉は、京香が知っているそれとは明らかに異なる意味を持っているような気がしてならなかった。

芽衣葉はなぜその言葉を知っているのだろうか。警察は京香が解決した一連の事案を事件とは認めず、世間には公表しなかったはずなのだ。

経済が低迷し閉塞感に覆われた日本社会において、その薬の存在を公《おおやけ》にすることは極めて危険である。それが瀬乃が本部から受けた説明の全てだった。当時、本部からなんらかの圧力がかかっていたことは京香も察していた。だが京香は不服だった。それは一連の事案の事実公表を行わなかった本部に対してでも、ただ黙って本部からの指示に従った大崎署に対してでも、ましてや手柄を潰されたことに対してでもなかった。方針決定に至るプロセスの開示さえ隠蔽されたことに、京香は納得がいかなかったのだ。それが京香がその後も署の指示に逆らい、調べを続けた理由でもあった。

しかし今日の芽衣葉の話は、そんな京香の認識を遥かに飛び越えていた。芽衣葉はセリーヌという名前を少なくとも二年以上前に知ったと言うのだ。さらには妹の自殺とセリーヌになんらかの繋がりを感じている様子さえあった。いや、芽衣葉はそれを伝えるために京香を訪ねて来たのではないだろうか。

そして芽衣葉はセリーヌの同義語としてもう一つ重要な言葉を京香に放った。死神である。その死神に会うだけで安らかな死を手に入れることができる、と彼女は言ったのだ。それをただの都市伝説だと言い捨ててしまえばそれまでかもしれない。だが京香に限っては、それを取るに足らない噂話として片付けることはできなかった。ましてや妹を亡くしたばかりの女子高生が、友人の姉とは言え面識のない刑事にわざわざそんな話を伝えに来るとも思えなかった。

栞里の自殺と新崎芽衣奈の自殺は繋がっているのだろうか。そしてそれは、京香が知るセリーヌとどこかで繋がっているのだろうか……。

京香は栞里が自殺した理由をずっと探してきたはずだった。署の方針に背き、休職に追い込まれるほど追い続けたのだ。それにもかかわらず、京香はセリーヌという一つの言葉が持つ二つの意味に繋がりを見つけることができなかった。京香が認識するセリーヌは一人の大学生であり、何度想起したところでそこに死神や都市伝説といった意味は含まれていないからだ。

思考は次第に鈍っていった。同時に、意識が体から引き剥がされていくような浮遊感を味わっていた。

京香は汗ばんだ胸もとに張り付いたペンダントトップにそっと手を載せた。

どこからか、さざ波の音が聞こえてくる。

暗い部屋を浮遊する京香の意識は、波の音が聞こえてくる方角を探し始めた。

やがて古いラジオがチューニングを合わせるように、誰かの声が聞こえてきた。


夜空に浮かぶ月は、その輪郭までもが輝いていた。

球体であるはずの月の周辺部が暗くならないのは、レゴリスと呼ばれる月の砂の性質が影響しているからだそうだ。たった今、父が教えてくれたことである。

京香は父と江ノ島の灯台が見える浜辺に立っていた。

風はなく、ただ波の音だけが聞こえている。国道一三四号線を走る車の音さえ耳に入ってこなかった。

まるで浜辺には京香と父しかいないような、そんな不思議な夜だった。

父は、風もないのに波が立つ理由を京香に力説していた。

京香が父に質問をしたからだ。

「月の引力のせいだよ。海の水は月の強力な引力によって引っ張られ、大きく盛り上がるんだ。その影響は太陽の倍以上もある。月は地球の自転にブレーキをかけるほどの力を持っているからね。満潮と干潮って聞いたことあるだろ。あれはその浜辺に月が一番近づいた時、そして離れた時に起きる現象なんだ」

「地上で生活していたら、月に引力があるなんて気づかないよね」と京香は言った。

「ああ。でも海にいる小さな生物たちは、それに気づいているかもしれないよ」

「たとえば、くらげとか？」

京香は首から下げたネックレスに通された、くらげのペンダントトップに手をあてた。先ほど父と行った水族館の土産コーナーで買ってもらったネックレスだ。

「そうだな」と少し考えてから続けた。「うん、彼らならきっと気づいているはずだ。だってほら海に月と書いて、くらげと読むだろう」

「確かに」

京香はその月の引力で、くらげたちが海面から飛び出して宙に浮いてしまうのではないかと少し心配になった。

「地球に住む生物と月はね、人間が生まれるずっと前からとても親密な関係を築いてきたんだ。でもね、そんな月も毎年地球から少しずつ離れている。と言っても年間で三センチメートル程度だけどね」

「月はどこかへ向かっているの？」

「目指すべき場所や目的はないと思うな。月は気の遠くなるような長い年月をかけて、地球の重力から少しずつ逃れているだけなんだ。地球もまた自らの引力で月を独占してきたからね」

「月ってほんとは、地球から離れたがっているとか」

「どうだろう。月に明確な意思はないんじゃないかな。ただ地球の重力から解放されて、広大な宇宙を漂っていたいだけなのかもしれないよ。くらげと同じように」

海と月、そしてくらげの話を、京香は妙に納得しながら聞いていた。だが本当は、そんな話よりも聞きたいことがあった。それは、なぜ父が京香を水族館に誘ったのか、ということだった。

京香が生きてきた一六年間で、父と出かけたのは今日が二回目だったからだ。しかも父と初めて出かけたのは京香がまだ幼稚園に通っていた頃のことだったため、水族館に行ったこと以外はほとんど憶えていなかった。

父と母が別居していた訳ではない。世間で考えられているような、一般的な家族の感覚を持つ人には信じ難いことかもしれないが、父はほとんど家に帰らない人だった。いや、父は家に住んでいなかったと言ったほうが正しいかもしれない。そのため家族で出かけたり、外食をするという経験が京香にはなかったのだ。

京香にとって父は常に謎めいた存在だった。その外見はお世辞にも健康的とは言い難く色白で、どこか病弱のような印象があった。性格もそんな外見と同じく穏やかで、言葉遣いはとても丁寧だった。ごくたまに家に帰った時は、父は家族にとても優しかった。もちろん父に叱られた記憶もない。京香は生活の中でお金に困るような経験はしたことはなかった。一般的な生活、という意味では特に不自由を感じたこともなかった。ただ他の家族のように共に時を過ごしたり、どこかへ出かけるという経験が極端に少なかったのだ。

京香は父が何の仕事をしているのか知らなかったし、母も詳しくは知らないようだった。しかし母はそんな父の仕事や生活を受け入れ、彼を愛しているようだった。京香はそんな母を見て、もしかして愛人なのではないかと疑い、区役所で戸籍を調べたこともあったほどである。だが物心がついた時からそんな家庭環境の中で育ったため、京香はいつしかそれが普通の家族の姿だとさえ思うようになっていた。

そんな父が、突然水族館へ行こうと京香を誘ったのだ。それも昨夜のことである。待ち合わせ場所は水族館の前だった。そのため京香は約束の時間に遅れないよう、高校を早退して制服のまま江ノ島のそばにある水族館へと向かったのだ。母にも妹の栞里にも今日のことは告げていない。そして二人で水族館を巡った後、あまりにも月が綺麗だったため、京香が浜辺に行きたいと父にせがんだのだった。

京香はなぜ今日父が水族館へ誘ってくれたのかという疑問と同時に、ある罪悪感も抱えていた。それは妹の栞里がここにいないことだった。栞里はまだ四才とは言え、一度も父と出かけたことがないのだ。

京香は先ほど父に買ってもらったペンダントトップにそっと手をあてた。家に帰ったらこれを栞里にプレゼントしよう、と京香は小さな罪悪感を埋め合わせるように決意した。

京香は制服のスカート丈を気にしながら浜辺に座った。

父も京香の隣に座った。

相変わらず風は吹いていなかった。

海面には月明かりが作り出した一筋の道がゆらゆらと輝いていた。

月明かりに照らされた父の顔がよけいに病弱そうに見えた。

「ねえお父さん、ひとつ聞いていい？」

父は優しい表情で月を眺めている。

京香は口走ってしまった言葉の後で、慌ててその質問の内容を考えていた。それがどんな質問であろうと、安西家にとってはタブーのような気がした。だが次に父と二人きりになれる日がいつ来るかも分からない。京香は思い切って聞いてみることにしてみた。

「お父さんってさ、何の仕事してる人なの」

緩んでいた父の口もとが少し強張ったような気がした。

「お父さんの仕事か」と父は少し間をおいてから続けた。「作用と反作用、かな。社会のバランスが崩れてしまわないように、それを見守っているんだ」

京香は父が質問に答えてくれるとは思いもしなかったが、その意味は全く理解できなかった。

「見守ることが仕事なの?」

「いや、もちろん取り締まることもある。意図的に社会のバランスを崩そうとする人たちもいるからね。だからバランスが崩されないためにも、常に見張っている人が必要なんだ。大抵の場合、彼らに利用されるのは弱い立場の人たちだから」

父は自分の仕事のことについて、それ以上は話さなかった。

月明かりに照らされた父の表情が少し逞《たくま》しく思えた。それは京香が見たことのない父の顔だった。父は昔薬学の研究をしていたと母が教えてくれたことがあった。そのため京香は、父は何か特別な研究に関わっているために家に帰らないのだとばかり考えていた。だが月明かりに照らされた父の表情は、研究者というよりも戦士のようにさえ見えていた。ましてやそこに、病弱なイメージは微塵もなかった。

はっきりとした確信があった訳ではないが、京香はこの時から父は警察関係の仕事をしているのではないか、と考えるようになっていった。

「さあもういい時間だ、京香は明日も学校だろ。そろそろ帰らないとお母さんも心配するぞ」と父は膝に手をあてた。

京香は立ち上がろうとする父を引き止めるように言った。

「ねえ」

無意識に父の腕を掴んでいた。

「なんで、誘ってくれたの？」

父は浮かせた腰をゆっくりと戻し、京香の手を包み込むように握りしめた。

海のように大きくて、温かい手だった。

「いつの間にか、こんなに大きな手になっていたんだね。前に一緒に出かけた時は、京香の手がまだお父さんの手の半分もなかったのに……お父さんの仕事のせいで、おまえたちには苦労ばかりかけてしまったね。もう少しすれば今の仕事も一段落するはずだから。そしたら家族で、栞里も連れて、たくさん色んなところに行こうな」

父は京香が知る優しい表情に戻っていた。

京香の体は、突然込み上げた感情に困惑するように震えていた。

父はそんな京香の頭を自分の肩に引き寄せた。

涙がこぼれ落ちていた。どうして自分が泣いているのか、この感情はどこから溢れ出ているのか、京香は理由も分からずに、ただ父の肩で泣いていた。

父はずっとその涙を肩で受け止めていた。

月が雲に入り、浜辺はいっそう暗くなった。

暫くすると、沖のほうから強い風が吹きはじめた。

宙に舞った幾つもの砂が涙に濡れた京香の頬に触れた。

「一雨くるかもしれないな」と父は雲がかかった夜空を見ながら呟いた。

だがそんな父の呟きも、波の音も、国道の車の音も、その全てを打ち消すような誰かの声が聞こえてきた。

「……さん」

その声は、京香と父だけの世界を引き裂く鋭利な刃物のように冷たかった。

風に邪魔されて名前はよく聞き取れなかった。しかし、男が呼んだのは安西という名前ではないようだった。

見上げると、そこには一人の男が立っていた。だが、暗くて男の顔ははっきりと見えなかった。

「娘さんがいたんですねえ。そう、高校生なんですか。はじめまして」

その男は京香に対してではなく、父に言葉を発していた。父を蔑むような口調でもあり、どこか勝ち誇ったような口調でもあった。

父は慌てて京香を隠すように立ち上がった。

京香も立ち上がり、父の後ろでその手を掴んでいた。父の表情も男の顔もよく見えなかった。だが父の手は、京香の手を力一杯握りしめていた。

「仕事の関係の人だ。少しここで待ってなさい」

父の声は震え、その表情は強張っていた。

そして父はその男と、京香から少し離れた場所で話しはじめた。

本当に仕事関係の人なのだろうか、と京香は目を凝らして男を見つめた。

男の顔は闇に包まれているようでよく見えなかった。だがそんなことより、追い詰められた様子の父が心配だった。

話が終わったのか、父は京香のもとへ戻ってきた。

そして今日はまっすぐに家に帰るようにと京香に告げ、父はその男と共に暗い闇の中へと消えた。

父が自殺したのは、その日のことだった。

京香はゆっくりと目を開けた。

天井には青白い光が揺らいでいた。まるで、月明かりが作り出した水面の輝きを海の底から眺めているようだった。

京香はベッドサイドテーブルに置かれたスマートフォンを引き寄せ、そのディスプレイを確認した。すでに日付は変わっていた。京香にしては眠れたほうである。体の疲れはかなり回復しているが、脳はまだ睡眠を欲しているようだった。

京香はスマートフォンを枕の下に突っ込み、再び天井の光を見つめた。睡眠中に見ていた夢の内容は、はっきりと思い出すことができた。見ていたのは夢ではなく、京香の記憶だったからだ。

人間は睡眠を取らなければ死ぬ。それは餓死するよりも早いという。睡眠は人間にとってそれほど大切なのだ。また睡眠は記憶と密接な関係があるとも言われている。人間は覚醒時に仕入れた情報の全てを脳に保存しておくことはできない。そのため脳は睡眠中に情報を整理し、必要な情報のみを集め、時に編集をしてそれらを記憶として保存しているのだ。

京香はあの夜のできごとを幾度となく想起しているせいか、手に取るように思い出すことができた。だが、父と話していた男の顔だけはどうしても思い出せなかった。京香はあの夜以来、見る人全ての顔の中にその男を探し続けていた。だがその人物を見つけることは、未だできていなかった。一度見た人物の顔を憶えてしまうという京香の能力は、そんな習癖に起因していた。

父は京香と水族館に行った夜に自殺した。だが、京香がそれを知ったのはその一週間後のことだった。いつもと同じように学校から家に帰ると、顔に白い布が被された父の遺体が、部屋の真ん中にぽつんと置かれていたのだ。

部屋に差し込んだ西陽が、胸の上で重ねられた父の手を照らしていた。浜辺で京香を握りしめたその手は、冷たい塊になっていた。

母は遺体の前で泣く茱里をよそに、部屋の隅で足を投げ出すように座っていた。部屋に入った京香に構うこともなく、ただ天井を見つめているだけだった。

その小さな家族は、西陽がなくなるまでその部屋から逃れることができなかった。

京香は父の手を見つめながら、あの夜の約束を思い出していた。だがもう、それも叶わなかった。そして今日が、家族全員が揃う最後の日だと自分に言い聞かせていた。

「もう、お父さんには近づかないで……」

ふいに、母の声が聞こえたような気がした。

聞き間違いだったのかもしれない。京香はその声の出どころを辿ったが、母は同じ姿勢のまま天井を見つめているだけだった。だがその言葉は残響のように、今も京香の耳の中で続いていた。

その後、多くの警察関係者が家を出入りした。彼らは京香に、父と出かけた江ノ島でのできごとを何度も質問した。そして京香はあの夜に起きたことをできるだけ細かく彼らに説明した。だが父が話していた男の顔は説明できなかった。

しかし一人の男の自殺に対して家に何人もの警察官が出入りするという状況は、当時まだ高校生だった京香でさえ普通とは考え難かった。やがて京香は父の死に対してある疑念を抱くようになっていった。父は本当に自殺をしたのだろうか、と。

その日以来、母の京香に対する態度は一変した。親子の会話は次第に減っていき、京香は自分の部屋に籠るようになっていった。次第に家に帰る足取りは重くなり、そこには苦痛しか存在しなくなっていた。そして京香は高校を卒業すると同時に入庁し、家を出ることを決意した。以来京香と母は、栞里が亡くなった時でさえほとんど口を利かない関係が続いていた。

母の態度が一変した理由は今でも分からない。だが京香はその理由を、父の最後の日を自分が独り占めしてしまったからだと考えていた。それはやがて一つの感情へと形を変えた。あの夜父を浜辺に誘わなければ、という漠然とした罪悪感である。それは重い鎖のように今も京香の体をきつく縛り付けていた。

突然、ベッドが振動を始めた。

震源を探ると、それは枕の下にあった。京香は手探りでスマートフォンを引き出した。水槽の光しか存在していなかった部屋が、新たな光源を得て少しだけその明るさを増した。

京香は横たわったまま振動を終えたスマートフォンを確認した。

そのディスプレイは荻堂からのメッセージを受信したことを伝えていた。

京香は眩しい光に目を細めながらメッセージを開いた。同時に、飛び起きるようにベッドから降りていた。四角い発光体が放つその情報に引きずり降ろされたのだ。

『パスワード役に立ちました。ＨＤＤの解析はもう少し時間かかりそうです。ところで、会うだけで安らかな死をくれる死神って聞いたことあります？』

それが、荻堂からのメッセージだった。

第４章　死神の居場所

目黒駅からほど近い場所にある食堂は多くの客で賑わっていた。食堂といっても三つ星食堂という名の小洒落《こじゃれ》た洋食屋である。

平日の昼という時間帯のため、客はサラリーマンやＯＬがほとんどだった。店の名物はオムライスのようで狭い店内には香ばしい卵の香りが漂っており、客たちの顔は終始和らいでいるように見える。しかしそんな客たちの一方で、厨房からはスタッフを叱りつけるヒステリックな女性の声が時折聞こえてきていた。なんともアンバランスな空間ではあるが、客たちはそれを気にすることもなく食事を楽しんでいる。

きっといつものことなのだろう、と安西京香は一人一人の客の顔を見定めていった。張り込みをしている訳ではない。大崎署の職員がいないかを確認しているのだ。

あまり知られてはいないが、目黒駅は目黒署ではなく大崎署の管区である。当然ながら駅前にある目黒駅前交番も大崎署の地域課が管理している交番だ。そのため、目黒駅付近には制服警官のみならず多くの大崎署員が徘徊しているのだ。

非番の日に小洒落た食堂で、荻堂と二人でランチをしているところを同僚に見られでもしたら、根も葉もない噂は瞬く間に署内を駆け巡るだろう。ただでさえ出戻りなどと噂されている上に、同僚との妙な噂から仕事がやりづらくなることだけは避けたい。なにより、たとえ噂であっても瀬乃の耳だけには届いて欲しくない。

そんなことを考えながら、京香は特製オムライスとエビがたっぷり入ったクリームパスタを交互に頬張っていた。

壁際の二人掛け用の小さなテーブルの上には、スマートフォンを置く隙間もないほどの料理が並べられていた。

「よくそんなに食えますね」

顎のあたりに米粒を付けた荻堂が、呆れ顔で京香を見つめている。

特盛のハヤシライスを注文した荻堂には言われたくないが、京香は無性にお腹が空いていたため二人分のランチを注文していたのだ。

京香は返事をする代わりに大きな口を開けてオムライスを頬張った。

それを見た荻堂はさらに大きな口を開け、最後の一口をするっと飲み込んだ。

「安西さんって、よく食べる割にスタイルいいですよね。太らない体質なんですか？」

まるで自分の贅肉は体質のせいだと自己弁護しているようにも聞こえる。

京香は職業柄のせいかあまり食に興味はなかった。しかも自分では料理を作らないので、いつもはインスタント食品かコンビニ弁当がほとんどである。そのため普段はかなり少食なのだが、人と外食をする時は食欲が湧くのだ。しかも今日は一段とお腹が空いていた。

「あんたね、いい加減に女を褒めるといつか痛い目にあうわよ」

「すいません。今日はご馳走して頂いてる身なので、何か持ち上げといたほうがよいかと思いまして」と荻堂はセットに付いてきたアイスコーヒーに二つ目のコーヒーフレッシュを入れながら言った。

そういうところは素直に謝る必要はないのだが、荻堂にそれを言っても無駄である。

「刑事の勘ってやつよ、いや本能かもしれないわ。大きなヤマや情報に辿り着きそうな予感を察知すると妙にお腹が減るの。それより、荻堂のほうこそ今日は非番でしょう。私について行きたいだなんて、一体どういう風の吹きまわし？」

「べ、別に意味はないですよ。ほら、乗りかかった船って言うじゃないですか」と荻堂は後頭部をポリポリと掻いている。

京香はこの後、アリスエイジのメンバーであった三笠ほのかが所属していた芸能事務所へ向かうことになっていた。二週間前に荻堂からもらったメッセージにあった『死神』という言葉の意味を探るために、京香は彼女のマネージャーとアポイントを取ったのだ。わざわざ非番の日を選んだのは、今日の訪問はあくまでも職務外とし、大崎署には内密に動きたかったからである。そのため本来は京香一人で行く予定だったのだが、荻堂にそれを伝えたところ同行させて欲しいと言ってきたのだ。

ただ、二人で行動できるという意味では京香にとっても都合が良かった。最近では警察も人手不足で、刑事は必ずしも二人で動かなければならないという規則はなくなりつつある。

だが一般人のイメージとしては刑事は二人で行動するという認識が定着しているため、一人で行動すると相手に警戒されることがあるからだ。

死神というキーワードは、荻堂が新崎芽衣奈のハードディスクから見つけ出した情報ではない。それは、三笠ほのかが自殺をする直前にSNSに投稿したコメントの中で使われた言葉だった。しかし京香がいくらインターネットを検索しても、その言葉を見つけることができなかった。三笠ほのかのアカウント自体がすでに削除されていたからだ。荻堂の話によれば、そのコメントは投稿後すぐに削除されてしまったためコアなファンの間では今も噂になっているという。ただ、京香としても死神という言葉をやり過ごすことはできなかった。

その死神に会うだけで安らかな死を手に入れることができる。それは芽衣葉がセリーヌを説明するために用いた言葉だった。そして彼女が口にしたセリーヌは、京香が知るセリーヌとは異なる意味を持っていたことも確かだ。芽衣葉が三笠ほのかのファンだったことを考えれば、彼女もその投稿を見た可能性はあるだろう。だが、三笠ほのかはなぜ自分が自殺する直前にそんな言葉を残したのだろうか。京香はその理由が知りたかった。

荻堂がその言葉をどのように探し当てたのかは分からないが、京香にはそれが大きな手掛かりになりそうな予感があった。そんな貴重な情報を見つけ、報告をくれた荻堂には感謝しなければならない。だが荻堂に借りを作るのも癪に障る。そこで京香は芸能事務所へ行く前に荻堂にランチを奢ることにしたのだ。

「ところで安西さん、あのパスワードどうやって手に入れたんですか？　まさかしれっと彼女の家に行ってまた盗んできたとかじゃないでしょうね」

京香は周囲の客を気にしながら小声で言った。

「人聞きの悪いこと言わないでよね。刑事ってのはね、引きの強さも大切な能力の一つなの。実は新崎芽衣奈の双子の姉が、私を訪ねてきたのよ」

「え？　そんな話聞いてませんよ」

「そりゃそうよ、誰にも言ってないもん」

「その件の担当は梶田さんと僕なんですから、教えてくれたっていいじゃないですか」

「よく言うわよ。母親から話を聞いて報告書をまとめたら、はい終了でしょう」

「まあその通りですけど」と荻堂は鼻の下を伸ばすようにストローを口に咥え、コーヒーを啜って続けた。「でもさすが安西さん、そういう引きだけは強いですよね。でなきゃ本部に昇格なんてしないよな……あ」

厨房の中からヒステリックな女性の声が聞こえてきた。まるで京香の気持ちを代弁してくれているようだ。

京香は荻堂が反省しているうちに、残りの料理を一気に平らげることにした。お腹いっぱいになるまで食事をしたのは久しぶりだった。美味《おい》しい料理と満腹感が、京香の脳内にオキシトシンを増加させた。これで目の前の相手が荻堂でなければ最高なのだが……。

「それで、新崎芽衣奈の姉はなんで安西さんに会いに来たんです？」

珍しい動物でも見つけたように覗き込んでくる荻堂を見て、京香は我に返った。

京香は無理やり険しい表情を作ってオキシトシンを押し戻し、芽衣葉から聞いたことを荻堂に伝えた。

芽衣葉が京香の妹と同級生だったこと、三笠ほのかのファンだったのは芽衣葉のほうだったこと、芽衣葉は妹の死を単なる自殺ではないと疑っていること、そして妹の死にはセリーヌと呼ばれる死神が関係しているのではないかと疑っていること。京香は荻堂に、芽衣葉から聞いた話の全てを伝えた。

荻堂もその話を聞かされた時の京香と同じように、かなりの衝撃を受けている様子だった。それも当然である。一連のセリーヌ事案は、一年半前に京香と荻堂が共に解決に導いたはずだからだ。

しかし今は、セリーヌという言葉が持つもう一つの意味を見つけ出すことのほうが先決である。

京香はアイスコーヒーをブラックのまま一口飲んで言った。「例のハードディスク、その後進展はあった？」

「ええ。あのパスワードのおかげで」と荻堂はストローを唇に当てたまま続けた。「ていうか、正直あれもらうまで中を覗くことすらできませんでした」

「ちょっと待って、じゃあ私があのパスワードを教えるまで、何も進展がなかったってこと？」

京香は自分の声が大きくなっていることに気付き、身を竦《すく》めた。

「だって最近のパソコンってセキュリティレベルが半端なく高いんですもん。でもほら、例の三笠ほのかでしたっけ？　彼女が残したコメントは見つけたじゃないですか」と荻堂はアイスコーヒーを飲み干したにもかかわらず、ストローを吸い続けている。

テーブルの上にはアイスコーヒーが一つ余っていた。二人で三人前のランチセットを注文したからだ。

京香は手を付けていないアイスコーヒーを荻堂に差し出した。

「でも荻堂にパスワードを教えてもう二週間よ。あんたも忙しいのはよく分かってるけど、そろそろ何か見つかってもいい頃じゃない」

荻堂は新しいアイスコーヒーに二つ目のコーヒーフレッシュを入れながら言った。

「ちゃんとやってますって。先ずメールは使ってなかったようです。まあ今時の高校生はパソコンのメールなんて使いませんよね」

「彼女の家はスマホが禁止されているから、ＳＮＳはパソコンを利用していたって言ってたけど」

「それは確かでした。でもＳＮＳのダイレクトメール機能を使っていた形跡はありませんでした。スマホはないとしても、何かしらの携帯端末くらいは持っているんじゃないですか？」

「確かに……。教えてもらった連絡先は携帯の番号だったわ」

「でしょう。それにしても、妹のパスワードを知っているなんてあの姉妹、相当仲が良かったんですねえ」

「そんな大切な情報を提供してまで、妹の死因を調べて欲しいんだと思うわ。荻堂、ハードディスクの件はもうちょっと調べてみてくれない？　必ず何か出てくると思うの」

「いいですよ。でも女子高生の私生活を覗き見してるみたいで、いい気分はしませんけどね」

京香は少し考えてから言った。「少なくとも不正アクセス罪には問われるでしょうね」

生活安全課はネット詐欺やなりすましといったサイバー犯罪を扱う課でもある。

荻堂はストローの中に溜まっていたコーヒーをグラスに戻した。

「嘘よ、誰にも言わないから安心しなさい」

「冗談きついですって。でも、僕が彼女と同じ機種のパソコンを使っていたのはラッキーだったかもしれませんね。そういう意味では僕も結構、引きが強いのかもしれません」

「もし新崎芽衣奈のパソコンからセリーヌに繋がる情報が見つかれば、それは間違いなく荻堂のお手柄よ」

荻堂は京香の言葉に嬉しそうに言った。「それと今回のほのりんの投稿を見つけたのも僕ですからね」

「ほのりん？」

荻堂の丸い体が一回り小さくなったように萎縮した。

京香は非番にもかかわらず仕事を買って出た荻堂の動機を突き止めた。彼は三笠ほのかのファンだったようだ。そして京香は、もう荻堂への借りはないと判断した。

「さ、そろそろ時間よ。はいこれ」と京香は伝票を荻堂に渡した。

「え？　今日は安西さんの奢りだと伺ってますが」

「別に付き合ってくれなくてもいいのよ。私はもともと一人で、ほのりんのマネージャーに会いに行くつもりだったんだし」

「喜んでお支払いします」と荻堂は両手で伝票を受け取った。

を出た。
「ごちそうさま。そこ、付いてるわよ」と京香は荻堂の顎についた米粒を指差して先に食堂を出た。

三笠ほのかが所属していた芸能事務所は、食堂から一分ほど歩いた雑居ビルの四階に入っていた。

京香は芸能事務所という言葉の響きに華やかなイメージを持っていたが、室内は青いパーティションで区切られただけの質素でこぢんまりとした空間だった。事務所の広さはエレベーターホールやトイレなどの共用スペースを除いて四〇坪ほどだが、常勤している社員は多くないようで窮屈さは感じなかった。

京香と荻堂は青いパーティションで区切られた会議室で、雨宮雅也《あめみやまさや》という男と名刺を交換した。

雨宮の肩書きは代表取締役となっていた。白髪はないが頬の弛《たる》みや目尻の皺から判断すると、歳は瀬乃と同じ五〇代前半くらいに見える。顔だけを比較すれば瀬乃よりも老けて見えるが、逆に服装は垢抜けていた。雨宮は赤縁の眼鏡をかけ、赤いストライプが入ったシャツに薄手の白いカーディガンを羽織り、ダメージジーンズに真っ赤なスニーカーを合わせていた。突飛な着合わせのように見えるが、全体の色遣いはまとまっており清潔感もあった。また、腕には文字盤の大きな高級腕時計を着けているが嫌味はなかった。いつも地味な色のスーツしか着ることのない刑事にとっては信じられないが、彼にとってはこれが仕事着のようである。

雨宮に促され、京香と荻堂は着席した。

テーブルには先ほど事務員が出してくれたアイスティーが三つ並んでいる。

雨宮は謎かけの答えを探すような表情をして、暫く京香の顔を見つめていた。

京香は雨宮の視線に、用件があるのは自分たちであることを思い出した。

「今日はお忙しい中お時間を頂きまして誠にありがとうございます」

「いえいえ狭い事務所ですみません。実は去年まであのビルを所有していたのですがね。事情があってここへ移ったんです。丸いビルがあるでしょう、あそこです」

雨宮は昔の恋人を紹介するように、京香の背後にある窓を指さした。

窓の外を確認すると、通りの向かいに七階建てほどの円柱のような形をしたビルが建っていた。

京香が返答に窮していると、雨宮は話題を変えるように続けた。

「そうそう。三笠のマネージャーなんですがね、実は彼女が亡くなった後すぐに退職してしまったんですよ。ですので本日は私が対応させて頂きます」

「そうでしたか、問題ございません。お忙しい中恐れ入ります」と京香はあらためて頭を下げた。

「ところで、今日はお二人なんですね」と雨宮は、京香と荻堂を交互に見ながら言った。

「あの、今日はと仰《おつしや》いますと？」と京香は尋ねた。

「あなたがたと同じ大崎署の人ですよ、私と同じくらいの年齢の。聞いてませんか？」

ほんの一瞬ではあるが雨宮は苛《いら》ついた表情を見せ、テーブルの上に置かれた京香たちの名刺に顔を近づけた。

京香は思わず荻堂を覗いた。

荻堂は眉をひそめて小さく首を横に振っている。彼も初耳だったようだ。

「何度来られても困るんですよねえ」と雨宮は丸いビルを懐かしそうに見ながら言った。

「失礼しました。署内での連絡が行き届いてなかったようで知りませんでした」

京香と荻堂は頭を下げた。

捜査においては、複数の警察官が同じ対象者のもとへ行くことはよくあることだ。しかしまさか、大崎署員がこの事務所を訪ねていたとは考えもしていなかった。京香は雨宮に会話の主導権を握られたような気分だった。

「失礼ですが、うちの署員とはどのようなお話を？」と京香は尋ねた。

雨宮は大袈裟に首を傾げて言った。「こちらが聞きたいくらいですよ。まあ三笠に関してのことだったら、私もお話ししたいことはあったんですがね」

三笠ほのかの自殺が社会に大きな影響を与えたことは間違いない。そのための調査として、管区内にあるこの事務所に大崎署員が訪ねたということであれば京香も納得がいく。だが雨宮の口ぶりからでは、この事務所を訪ねた署員の目的を探ることはできなかった。

京香は喉に刺さった棘を無理やり飲み込むように会話を前に進めた。

「雨宮さんは、三笠さんについて警察に相談したいことがあったと？」

「ええまあ……大したことではないのですが」

「差し支えなければ、教えて頂けませんか？」

雨宮は表情を和らげて言った。「でも、今日は別の捜査か何かでお越し頂いたのではありませんか？」

京香は言った。「先日お電話でもお伝えした通り、我々は三笠さんの件について少しお伺いできればと思って参りましたので、ぜひご相談下さい」

「分かりました。しかしあれから半年以上も経ってしまったのですねえ……ああ、よかったら飲んで下さい」と雨宮は京香たちにアイスティーを勧めた。

京香と荻堂は礼を言い、アイスティーを一口飲んだ。

雨宮は頭の中を整理するように暫く天井を見つめ、意を決したように言った。「警察のかたに質問するのは筋違いかもしれませんが、そもそもお二人はアイドルという存在に対して、どのような考えをお持ちでしょうか？」

京香は雨宮の質問に思わず言葉を詰まらせた。

「確か、アイドルという言葉の起源はラテン語ですよね。本来の意味は偶像ですが、それがやがて熱狂的な応援を受ける人という意味になり、現在のアイドルの形になったと聞いたことがあります」と荻堂が答えた。

雨宮は眼鏡を額に上げ、荻堂の名刺を確認して言った。「随分とお詳しいんですね、荻堂さん」

「いえ、それほどでも」と荻堂は心底嬉しそうに後頭部を掻いている。

荻堂を連れて来たことは正しかったのだろうか、と京香は早くも不安になった。

「でもね、日本の市場に限ってはもう少し事情が複雑なんです」と雨宮は身を乗り出した。

なぜか荻堂まで身を乗り出している。

「もとはと言うと、アイドルという言葉は六〇年代に活躍していたロックスターたちに使われていた言葉なんです。しかし七〇年代に入ると彼らは権威となり、様々な分野に影響力を持つようになりました。やがて大きな力を持った彼らは、歌謡曲を歌うような人たちを見下すようになり、世間にもそういった風潮が広がっていきました。

しかしそんな限られたアイドルだけでは市場の拡大は見込めません。当時、世の中の流れは景気拡大へと向いていましたからね。そこで日本のレコード会社は考えました。当時アイドルと呼ばれていた権威者に対しての、カウンターカルチャーを作ろうとしたのです。彼らは、歌謡曲をはじめ、より一般的な芸能活動を行う者たちをアイドルと位置付け、どんどんデビューさせていきました。そして世間が持っていたアイドルという言葉の価値観を逆転させることに成功し、今の形のアイドルが定着したという訳です」

荻堂は何度も頷きながら雨宮の話を聞いていた。

雨宮は続けた。「しかし、かつてはカウンターカルチャーだった現在のアイドルたちも、近ごろではとても大きな力を持つようになりました。さらにはテクノロジーがアイドルとファンの距離を一気に縮めました。今やスマホさえあれば、誰もが情報を発信できるような時代ですからね。おかげでファンはアイドルのライフスタイルだけでなく、思想にまで傾倒するようになったのです。先ほど荻堂さんが言った、偶像という本来の意味が今のアイドルに宿ってしまったようにさえ感じます。私はね、これを非常に危険なことだと考えています」

荻堂は僧侶に説法を受けるかのように聞き入っている。

雨宮は一体何を警察に相談したかったのだろうか、もしかすると荻堂にはそれがすでに理解できているのだろうか。京香は一人取り残されたような気持ちになったが、もう少しだけ雨宮の話に付き合ってみることにした。

「すみません、少し話が逸れてしまいましたね」と雨宮は肩を落とすように息を吐き、話を続けた。「三笠はね、私がスカウトした子なんです。もとは小さな劇団に所属していたのですが、その申し分ないルックスに私は大きな可能性を感じたのです。ただ彼女はその劇団を辞めたくないと言いましてね、それで暫くはうちの事務所と両輪でやらせることにしたんです。しかしねえ、彼女の扱いにはかなり苦労しました。いやルックスは申し分なかったのですが、暗いといいますか、常に人を怖がっているような子でして……。

ここだけの話ですが彼女、自殺未遂をしたこともあるんです。そこで私は三笠に言ったんです。そろそろ劇団のほうは辞めて、うちでの活動を中心に一からもう一度頑張ってみないかと。ちょうど彼女も高校を卒業してすぐの時期でしたから」

「それで彼女はアイドルとしての活動一本に絞ったのですね」と荻堂は言った。

「ええ、それからはうちが用意した寮に住んでいました。しかし性格のほうは相変わらずでしてね。同じ寮に住むうちのタレントたちとさえ交友はほとんどなかったと思います。これは後に本人から聞いたのですが、三笠は幼い頃から親の転勤続きで、全国のあちこちを転校しながら幼少時代を過ごしたのだそうです。そのため友だちというものがどういうものかも分からないと言っていました。彼女の性格がそうさせたのか、それとも境遇がそうさせたのかは分かりませんが、私が三笠という人間を知る上では重要なエピソードでした。

でもね、オーディションだけは誰よりも積極的に受けに行ってました。いくら落とされても何度もチャレンジしていましたよ。きっと自分を変えようと必死だったんだと思います。そしてそんな努力が実ったのか、三笠は突然変わったのです」

荻堂は正した姿勢を一ミリも崩さずに雨宮の話を聞いていた。

雨宮はもはや荻堂だけに語りかけているようにも見える。

「二〇歳を過ぎた頃だったでしょうか、三笠は急に明るくなったんです。うちのタレントだけでなく、仕事先の人の輪の中にも進んで飛び込んでいくようになりました。あんな社交術をどこで学んだのかは知りませんが、彼女の変わりようには私も舌を巻くほどでした。業界では化けるという言葉はよく耳にしますが、三笠はまさにそれでした。やがて彼女の人脈で仕事が入るようになり、とある知人のプロデューサーからアイドルグループの一員として活動してみないかと話を持ちかけられました。それがアリスエイジでした。それ以降の彼女の活躍はご存知の通りです」

荻堂は言った。「苦労人だとは聞いていましたが、きっと並々ならぬ努力をしていたんですね、ほのりんは……いっ」

京香は咄嗟《とっさ》に荻堂の足を踏んづけた。

荻堂は言い直した。「努力していたんですね、三笠さんは」

「しかし人気が出てきた頃から、なぜか急に彼女の発言が物議を醸すようになっていきました。彼女が発信する言葉の全てが、世間からのバッシング対象になってしまったのです。しまいには炎上商法などと言われ、三笠はそんな心無い中傷に深く傷ついていました」

雨宮は小さなため息をついた。

「あれは僕も見ていられませんでした」と荻堂も小さなため息をついた。

「荻堂さん、そもそも炎上のメカニズムってご存知ですか？」と雨宮が尋ねた。

「そんなのがあるんですか」と荻堂は目を輝かせている。

また話が脱線しそうな気配ではあるが、雨宮が警察に相談したかったことの核心に近づいているような感触はあった。京香は雨宮の腕に巻かれた高級そうな腕時計を見つめながら、黙って話を聞くことにした。

「実はあれはいじめと同じメカニズムなんです。そもそもいじめの原因は、正義感からきています。間違っている人を正してあげている、というのがいじめる側の感情の本質なんです。社会のルールに従わない人や、グループの中であまり役に立っていないような人は、周りを探せばどこにでもいますよね。いじめとはそういった人物を共同体の中から見つけ出し、正そうとする制裁活動なんです。そしてこの活動を行っている時、人の脳内にはドーパミンが分泌されるのです。これは社会の中で生きていくように進化した人間の、遺伝子レベルに組み込まれた本質なんです」

「炎上やバッシングといった現象もそれと同じ、ということですね」と荻堂が言った。

「その通りです。社会の中で少しでも目立ったりはみ出したりする人物を見つけ出し、制裁活動を行うことで人は快楽を得ているのです。しかもネットの世界では匿名で制裁活動を行うことができますから、その活動はどんどん拡大し、過激になっていきます」

話し疲れたのか、雨宮はアイスティーを半分ほど飲んで小さく深呼吸した。

「先ほども申し上げた通り日本におけるアイドル産業には、その根底にカウンターカルチャーという前提があります。当然ではありますが三笠が成功を収めれば収めるほど、彼女の発言力は高まり、同時に反発も高まっていきました。つまり三笠が権威側へと移行したことに対しての、批判が始まったのです」

「それで……三笠さんは追い詰められていったのですね」と荻堂はテーブルの上で悔しそうに拳を作った。

「結果的にはそうかもしれません。ネット上で謂《いわ》れのない誹謗中傷を受けるようになった三笠は、徐々に昔の彼女に戻っていきました。そして彼女は自分のＳＮＳに妙なコメントを投稿するようになっていったんです。まあ、彼女が変わったコメントを投稿することはそれ以前からのことではあったのですが」

「心の危うさというんでしょうか、少し病んだような側面も彼女の人気を支える要素ではありましたからね。でも売れてからは、彼女の発言の全てがバッシング対象になってしまいましたよね」と荻堂は雨宮の言葉を補足した。

「はい。そこで我々は三笠を守るために、彼女のＳＮＳのアカウントを事務所で管理することにしたのです。私はマネージャーにそれを管理させ、誤解を招くようなコメントは全て削除するようにと指示を出しました。特に彼女が亡くなる前の数ヶ月間の投稿は、私から見てもおかしなコメントばかりでしたから」と雨宮は自分のスマートフォンを操作しながら続けた。「そしてこれが三笠が最後に投稿したコメントです。キャプチャ画像ですが」

京香と荻堂は、差し出されたスマートフォンの画面を確認した。

三笠ほのかのアイコンが表示されたＳＮＳには、こう書かれていた。

『知ってる？　会うだけで安らかな死をくれる死神は手の届かないところにいるんだよ』

荻堂は食い入るように画面を見つめていた。

「この投稿はすぐに削除したため、ネット上にこのコメントが存在した時間は少なかったはずです。もしかして今日いらしたのは、このコメントに関してでしょうか？」と雨宮は言った。

「はい。本日は三笠さんが最後に投稿したコメントの意味を伺いたくて参りました」と荻堂が即答した。

雨宮は返答に困ったように赤縁の眼鏡の奥で眉を顰《ひそ》めた。

「雨宮さんは、このコメントの意味を我々警察に考えて欲しかったのですね」と京香は言った。

雨宮は眉を戻して言った。「そうなんです。しかし私もいい歳でしょう。こんな馬鹿げた相談をしたところで、警察のかたがたの貴重な時間を奪うだけだということは重々承知しております。でもどうしても腑に落ちないんです。だって私は、三笠の一番のファンだったのですから。なのに、私は彼女の死をまだ理解してあげることさえできなくて……いい大人がみっともなくてすみません」と雨宮は声を震わせた。

荻堂は目頭を押さえていた。

京香はこの二人の感情には付いていけそうになかった。だが、雨宮は三笠ほのかがなんらかの事件に巻き込まれたと考えているのかもしれないと察した。話は長かったが、それが雨宮の言いたいことの要点なのだ。

「ところで、三笠さんのマネージャーさんは、今はどちらへ」と京香は尋ねた。

「分かりません。きっと彼も三笠があいうことになって精神的に大きなダメージを受けたんだと思います。私は彼にかなり期待していました。残念ながら私には子供がおりませんのでね、彼を本当の息子だと思って接していたほどです。他の社員には言えませんが、自分が使っていた時計をプレゼントしたこともあったほどです」と雨宮は視線を自分の左手首に下げた。

京香はテーブルで半分隠れた雨宮の腕時計を見つめていた。

「あの、よろしければ彼の名前と連絡先をお教えしましょうか？」

京香は時計から目を逸らして言った。「教えて頂けると助かります」

「名前は鮎川翔《あゆかわしょう》です。連絡先もここに書いておきますね。電話は通じているんですが、私からの電話には出るつもりはないみたいです」

雨宮はポケットからメモ帳を取り出して記入し、そのページを破って京香に差し出した。

「ご協力ありがとうございます。お伺いしたかったことは概ね聞くことができました。本日は誠にありがとうございました」と京香はメモを受け取り立ち上がった。

「もし鮎川と連絡が取れたら、ぜひ私にも教えて頂けると助かります」と雨宮も立ち上がった。

京香はまだ目頭を押さえている荻堂を引っ張り上げ、事務所を後にした。

傾いた八月の陽射しがビル影に挟まれながら目黒川の黒い水面を照らしていた。目黒駅で荻堂と別れた京香は、行人《ぎょうにん》坂を下って五反田方面へ少し歩いた川沿いのベンチに一人で座っていた。そんな場所で何時間もぼうっとスマートフォンを眺めている人物は、所轄の地域課員から見れば恰好の職務質問対象者である。もし京香であれば躊躇《ちゅうちょ》なく声をかけるだろう。だが京香が今座っている場所は大崎署の管区のため、少なくとも他署の職員に声をかけられる心配はない。どんな時でも縄張りを意識してしまうのは刑事の習性である。

京香は木陰にあるベンチに座ってはいるが、ジャケットの下のシャツは汗で肌に張り付いていた。気づけばスマートフォンを握る手にまで汗をかいている。非番の日とは言え、外でジャケットを脱ぐことに気が引けてしまうのも刑事の習性なのかもしれない。

京香は先ほど雨宮に教えてもらった、三笠ほのかのマネージャーだった鮎川翔という人物に電話をすべきか悩んでいた。スマートフォンに電話番号を打ち込んでは削除、という単調な動作を何時間も繰り返しているため番号はすっかり記憶してしまっている。京香が発信を躊躇する理由は他でもない。三笠のマネージャーは、京香が知る翔である可能性が極めて高いからだ。

京香は雨宮に会った瞬間から彼の左手首に違和感を抱いていた。そこに着けられた腕時計には、彼の印象を打ち消してしまうほどの存在感があったからだ。それは、翔がいつも着けている腕時計と同じ型だったのだ。

興味本位でしかなかったが、京香は翔がいつも着けている腕時計の値段を知りたくてインターネットで調べたことがあった。そのため京香はその型をよく憶えていたのだ。だが二人の腕時計が全く同じ型という訳ではない。雨宮が着けていたほうは、縁にホワイトゴールドがあしらわれたより高額のモデルだった。翔の着けていた時計も普通の会社員が簡単に買えるような腕時計ではないことは確かである。金持ちの客からのプレゼントということもあるかもしれないが、どちらにせよ市場に出回っている本数がかなり少ない型である。そんな代物をなぜ翔が持っているのかと、京香は彼の腕時計を見るたびに親のような気持ちで案じていたのだ。

しかしそんな独善的な親心も雨宮の言葉を鑑《かんが》みれば辻褄が合った。彼はマネージャーにその腕時計をプレゼントしたと言ったのだ。しかもそのマネージャーの名前を鮎川翔だと告げたのだからなおさらである。京香にはこの二つの一致がただの偶然だとは思えなかった。そもそも刑事が偶然をやり過ごしているようでは事件はいつまでたっても解決しない。それがたとえどんなに小さな偶然であっても、重要な手掛かりに繋がる可能性が高いのだ。

そして、引きの強さも刑事にとって重要な能力の一つである。しかし今回ばかりは京香の心情は複雑だった。なぜなら、翔は店を通して派遣されて来るホストであり、京香はその客にすぎないからだ。従って京香も翔も直接連絡を取る必要はない。もしそんな希薄な関係を続けている二人のうちどちらかが、一方に突然電話をすれば二人の関係は大きく変わってしまうことは目に見えている。もう会うことさえできなくなる可能性もあるだろう。

そもそも自分と翔の間にはどのような関係があるのだろうか、と京香は考えた。京香にとっての翔は、束の間の睡眠を与えてくれる男であり、肉体関係はないが裸で一緒に眠る男でもある。だが京香は翔の素性を、その名前以外に何一つ知らない。京香は自分の名前と職業は打ち明けていたが、それは翔との距離感を保つための防衛線として必要だと考えたからであり、それ以上の情報は教えていない。翔の素性に興味がなかったと言えば嘘になるが、京香にとっては互いを知らずに触れ合う距離感が心地よかったのだ。あらためて考えてみると、二人の関係は海中を漂うくらげのようだった。いつ関係が途切れたところで互いに痛みなど感じないのだ。

京香は意を決し、脳裏に焼き付いた数字の羅列をスマートフォンに打ち込んだ。栞里や新崎芽衣奈の自殺に繋がる手掛かりを得るためには、三笠ほのかのマネージャーだった男と接触する以外に方法はない。京香はそう自分に言い聞かせた。だが、その指先は画面から再び遠ざかっていた。

京香はスマートフォンの電源を落とし、強引に翔を思考の外へ追い出した。

川沿いに沈んでいく夕陽は、どちらに向かって流れているのかも分からない目黒川を照らしている。

京香は黒い水面を見つめながら、今日三笠ほのかの事務所で得た残り二つの情報を整理することにした。

一つめは、大崎署の中で京香たち以外に事務所を訪ねた人物がいるという雨宮の言葉だ。三笠の死因が自殺だったことを考えると、刑事課は動いていないはずである。従って動いたのは生活安全課ということになる。だが、彼女が自殺した場所は大崎署の管区ではなかったはずだ。だとすれば三笠と大崎署を結びつける唯一の接点は、その事務所が管区にあるということ以外にはない。彼女の自殺が社会に対して大きな影響を与えたことは間違いないが、大崎署員がその事務所を訪ねる理由が京香には分からなかった。

また雨宮は、事務所を訪ねた人物は自分と同じくらいの年齢の男性だと言った。その言葉だけを聞けば、思い当たる人物は数名しかいない。もし瀬乃ではなかったとしても、課員の行動は必ず彼の耳に入っているはずだ。それとも、大崎署はそれとは関係のない捜査を進めていたのだろうか。しかし三笠が自殺したのも、大崎署の職員がその事務所を訪ねたのも、京香が休職している間のできごとである。自分が口を挟める立場ではないことは京香も承知していた。

整理しなければならない情報はもう一つある。それは京香が一番知りたかった死神の情報についてである。荻堂からその情報を聞いて以来、京香は何度もインターネットで検索してみたが、どこを探しても雨宮に見せてもらった投稿には辿り着くことができなかった。しかしその理由は、三笠ほのかがコメントを投稿した直後に、彼女のマネージャーがそれを削除したからであるということが分かった。そのため死神というキーワードだけが、一部のファンの間で一人歩きしていたようだ。

会うだけで安らかな死をくれる死神は手の届かないところにいる……。

そもそも三笠が残した死神という言葉にはどんな意味が秘められているのだろうか。一般的な死神のイメージと言えば、骸骨がローブを纏い片腕に斧を持った姿だと京香は認識していた。だが三笠の投稿や芽衣葉の話の中には、その存在を肯定するようなニュアンスがあるような気がしてならなかった。京香にはまるでそれが救世主を称えるような言葉にも思えてしまうのだ。

三笠はその死神に会った可能性がある。仮に直接会っていなかったとしても、彼女はその居場所を知っていた可能性が高いと京香は考えていた。なぜなら三笠の投稿は、死神の居場所を示しているからだ。それが根拠のない推論であることは承知の上だ。そして信憑性に欠ける都市伝説だと切り捨てることも簡単だ。だが、彼女はそれを投稿した直後に死んだのだ。さらには、芽衣葉もその死神は実在していると信じているからこそ、京香の前に現れたのだ。

京香が知るセリーヌとは別の意味を持つ、セリーヌと呼ばれる死神。それは会うだけで死ぬことができる死神だ。信じ難い話ではあるが、三笠がSNSに投稿したコメントや芽衣葉の話を熟考するほど、京香はその存在を否定することができなかった。

さらに京香は、暗い性格だった三笠ほのかが突然社交的になったという雨宮の話も気になっていた。人は確実に死ぬことができる力を得ると、見違えるほど変わるからだ。苦しみの中に生きる人々にとって、いつでも死ぬことができるという権利は明日を生きる希望にもなるのだ。危険な思想ではあるが、京香はそれを薬科大の学生たちが起こした一連の事案から存分に思い知らされていた。

だが今回の対象は薬ではない。死神である。もし本当に死神が存在するのであれば、それはどのような力を使って人を死に至らしめるのだろうか。まさかノートに名前を書き記すだけで人の命を奪うとでもいうのか。いや、あり得ない。もし刑事が呪術や魔術といった目には見えない力を肯定すれば、それは職務を放棄するも同然だ。三笠が見たのは死神などではなく、人間だったはずである。ではなぜその人物に会うだけで安らかな死を手に入れることができるのか……。

京香は背筋が凍りつくような悪寒《おかん》を覚えていた。

目黒川を照らしていた夕陽はビル間に消え、辺りは薄暗くなっていた。

川沿いの歩道には会社帰りと思われる人々の往来が増えていた。京香は人影の中に、小さな女の子と手を繋いで歩く男性の姿を見つけた。きっと会社が終わって保育園へ迎えに行った帰りなのだろう。京香は父娘が繋いだ手を眺めながら、父と過ごした夜を思い浮かべた。

風のない海。眩《まばゆ》いほどの月明かり。国道を走る自動車の音さえ聞こえない静かな浜辺に京香と父は座っている。京香は月の秘密を得意げに話す父の横顔を見つめていた。そこはまるで京香と父、二人だけの空間のようにさえ思えた。だがそんな父娘の絆を引き裂くように男は近づいてきた。

京香はそっと目を閉じた。だが、男の顔を思い出すことはできなかった。

京香は汗で素肌に張り付いた、くらげのネックレスを外した。そのチェーンは米粒よりも小さな部品が重なるように繋がり、一つの輪を形成している。京香は幾つもの小さな部品を眺めているうちに、やがては自分も同じように一つの輪の中に納まってしまうのだろうかという得体の知れない恐れを抱いた。それはまるで、水流の方向さえ分からない黒い水面に吸い込まれていくような感覚だった。

ベンチに置かれた京香の鞄から激しい振動が伝わってきた。プライベートのスマートフォンは電源を落としているため、今振動しているのは大崎署から貸与されている携帯電話のようだ。事件か緊急配備の応援要請だろうか。刑事は非番の日でも警察手帳と携帯電話を携行していなければならないのだ。

京香は急いで鞄の中から携帯電話を取り出し、点灯する表示画面を確認した。

それは、瀬乃からの着信だった。

京香は振動する携帯電話をただ見つめることしかできなかった。

第5章　暗い池に浮かぶ月

厚みのなさそうな雲が五反田の空一面を覆っている。

安西京香はどんよりとした朝の山手通りを歩いていた。

容赦ない夏の陽射しが直接当たらないだけましではあるが、大崎署へと向かう足取りは重かった。上司からの電話に応答せず、折り返しの連絡も入れぬまま朝を迎えてしまったのだからそれも当然である。しかしこんな日に限って横断歩道の信号は全て青だった。京香の歩く速度は大崎広小路の交差点に近づくにつれ、ますます遅くなっていた。

瀬乃からの着信は一回しかなかったため、恐らく緊急の用件ではなかったはずである。だが警察という組織においては、たとえ非番の日であろうと上司からの連絡を無視することは許されない。規則として決まっている訳ではないが、よほどの用事でもない限りは最低でも折り返しの連絡を入れることが暗黙のルールとして浸透しているのだ。そのため、京香は折り返すことさえできなかった理由を昨夜のうちに幾つか考えていた。しかしあらためて考えてみれば、どれも苦しい言い訳でしかない。

京香にとって瀬乃は尊敬すべき上司であり、父の件以来ずっと世話になっている恩人でもある。京香が休職する以前は仕事の相談に乗ってもらうこともあったし、定食屋や居酒屋に連れて行ってもらうこともあった。そして、京香が瀬乃に対して特別な感情を抱いていることも確かだった。そのため二人は一般的に考えられているような上司と部下といった関係よりも親しい間柄であることは京香も感じていた。だが、瀬乃が京香に直接電話をしてくることはほとんどなかった。ましてや瀬乃は課長である。よほどの緊急の事件でも起きない限り、瀬乃が下川係長を飛び越して京香に電話をする理由がないのだ。

そんな瀬乃が昨日、京香が三笠ほのかの事務所を訪ねた数時間後に電話をかけてきたのだ。なぜそのタイミングだったのか。そう考えると、京香が瀬乃への連絡を躊躇してしまうのも無理はなかった。もし瀬乃の用件がそこを訪ねたことと関係があるとすれば、どんなに入念に用意した言い訳であろうとすぐに見破られてしまうのは明らかだった。むしろ素直に、非番の日に職権を利用して三笠ほのかの事務所を訪ねたと打ち明けたほうが傷は浅くて済むだろう。

だが瀬乃がもし昨日の京香の行動を把握していたのであれば、なぜそれを知っていたのだろうか。いや、どうやって知ったのだろうか。それが京香の疑問だった。瀬乃からの着信が、京香がその事務所を訪ねた数時間後のことであったことを考慮すれば、彼と雨宮は繋がっていたと考えてもおかしくはない。穿《うが》った考えかもしれないが、雨宮の話がやけに長かったのは京香たちに余計な質問をさせないためだったと受け取ることもできる。仮に以前から二人が繋がっていたとすれば、京香がその事務所に連絡を入れた二週間前から瀬乃はそれを把握していたことになる。つまり瀬乃は京香の行動を監視していたということになるのだ。

もしくは瀬乃が荻堂を使い、京香を監視していたという可能性も考えられるだろう。京香はあらためて昨日の荻堂の様子を思い返した。しかし彼が京香に何か隠し事をしている様子は見当たらなかった。むしろ荻堂は三笠ほのかのファンだったことを隠していたのだ。彼が嘘をつけない性格だということは、生活安全課内では周知の事実となっている。さすがの瀬乃もそんな荻堂を監視役には選ばないだろう。とすれば、やはり瀬乃と雨宮にはなんらかの繋がりがあったと考えたほうが辻褄が合う。

京香は一晩中そんなことばかりを考えていたため、昨夜もほとんど眠ることはできなかった。翔を呼び束の間の睡眠をとることも考えたが、昨日の状況では眠るどころか余計に目が冴えてしまうことは明白だった。翔が三笠ほのかのマネージャーだったという可能性がある限り、そ知らぬふりをして彼の隣で眠ることなど京香にはできそうになかった。

気づけば、京香は八階建ての庁舎の前で立ち止まっていた。交番が突き出たような造りの大崎署はいつもより大きく見えた。

登庁する職員たちが吸い込まれるようにその庁舎へ入っていく中、エントランスから全身グレー尽くめの柄の悪い男が出てきた。鑑識係の西脇である。

西脇は全身から疲労感とヤニの匂いを放出させながら京香に近づいてきた。

「おはようございます。朝食ですか？」

西脇は京香の前で立ち止まり、唇を歪めて咥え煙草の先を突き上げた。もちろん火は点いていない。

京香はそのままやり過ごせばよかったと後悔した。

「お前さん、俺の忠告を忘れちまったようだな」

京香は少し考えてみたが、その言葉に思い当たる節はなかった。

「一体なんの話でしょうか」

「同列に考えるな、俺はそう言ったはずだ」

西脇は吐き捨てるように言うと、牛丼屋の看板が見える方へと去っていった。

不躾《ぶしつけ》な態度には慣れているため、京香はその言葉の意味だけを考えることにした。それは新崎芽衣奈の自殺現場へ臨場した際、西脇が京香に放った忠告だった。彼は昨日の京香の行動を把握した上で、あらためて釘を刺したのだ。

やはり瀬乃と雨宮は繋がっている、と京香は確信した。

「安西さーん」

息を切らせたような声が京香の後ろから聞こえてきた。振り返る必要もない、荻堂である。

「昨日はお疲れ様でした」と荻堂は京香に並んだ。

「大きな声で言わない」と京香は肩を荻堂にぶつけた。

「あ、すみません」と荻堂は丸い体を縮めた。

「ねえ荻堂。昨日あの後、大崎署から連絡あった？」と京香は小声で尋ねた。

「え、事件でもあったんですか？」と荻堂は慌ててズボンのポケットから携帯電話を取り出そうとした。

「なんでもない。ちょっと聞いてみただけよ」と京香は荻堂を制した。

「なんでこんなところで突っ立ってるんです？」と荻堂は眉を顰めた。

「だからなんでもないって、ほら遅刻するよ」と京香は荻堂の背中を押した。

「安西さんも急がないと遅刻しちゃいますよ」と荻堂は体を揺らしながらエントランスへと向かった。

やはりどう考えても荻堂に監視役は務まらないだろう、と京香は彼の丸い背中を見つめていた。

京香はあらためて庁舎を見上げた。まるでゴリアテに立ち向かうダビデのような気分である。京香は意を決し、その要塞の中へと向かった。

京香は庁舎のエントランスを抜け、採用説明会が終わって気の抜けたような警務課を横目にさっさとエレベーターに乗り込んだ。

エレベーターに乗ると、京香の後から少年係の梶田が鋭い目つきをして乗り込んできた。

京香は梶田に短い挨拶をするとすぐに視線を逸らした。梶田はもともと愛想がいい訳ではないが、新崎芽衣奈の自宅にもこんな目つきで訪ねたのかと思うと、遺族が気の毒になった。

五階に到着すると、先に降りた梶田が出口でボタンを押して扉を開け、京香が降りるのを待ってくれていた。この男はこんなに紳士だっただろうか、と京香は妙な違和感を覚えたが取り敢えず礼を告げてエレベーターを降りた。京香を確認すると、梶田は薄い笑みを浮かべながら自分のデスクへと向かっていった。やはりその行動には違和感しかなかった。

警察という組織は未だ男性中心の社会のため、女性に気を使ってくれる男性職員は珍しいのだ。特に所轄に根を下ろしているような年配刑事たちは、アナクロニズムな伝統が染み付いてしまっているためなおのことである。しかし昨今は女性活躍推進に取り組む警察庁からの指導もあり、警察全体の意識も少しずつ変わってきてはいる。日頃から先輩風を吹かせて署内を闊歩《かっぽ》する梶田もいよいよ時代の波には逆らえなくなってきたのだろう、と京香は考えることにした。

鈍い外光を取り込んだ味気ないフロアを奥へと進み、京香は自分のデスクを目指した。始業までまだ少し時間はあるが、すでにほとんどの課員たちが登庁している。いつもと変わらぬ光景ではあるが、今日のフロアはやけに静かに感じられた。いや、京香の周囲だけが静かな気がするのだ。気のせいかもしれないが、通路を歩く京香に課員たちが道を空けてくれているようにさえ思えた。

　京香は防犯係のデスク全体に投げかけるように挨拶をし、自分のデスクの下に鞄を置いて椅子に座った。デスクの上に置かれたくらげのぬいぐるみをどかし、パソコンの電源を入れながら隣の荻堂の席を確認すると、誰も座っていない椅子は中途半端な方向を向いたまま固まっていた。登庁後すぐにトイレに駆け込むのは、彼の朝の儀式となっている。

　それにしてもやはり、今日のフロアは静かである。ふと誰かの視線を感じたような気がしたため、京香は周囲を見渡した。京香を見つめている課員は誰一人としていなかった。京香は目を凝らし、もう一度注意深く周囲を見渡した。やはり課員たちの視線はこちらを向いていない。自意識過剰かもしれないが彼らの意識は京香に向けられているような気がしてならなかった。特に同じ島に座る防犯係員たちの様子が妙によそよそしかった。しかし彼らのよそよそしさは今に始まったことではない。どうせ陰では出戻りなどと呼ばれているのだ、と京香は気にしないことにした。

　京香は本日も生活安全相談係の応援のため、来署者の相談業務にあたる準備をしたらすぐに一階の相談窓口へ行かなければならなかった。だがその前に、瀬乃に会っておく必要がある。上司からの電話を無視し続けている訳にもいかないからだ。しかしフロアに瀬乃の姿は見当たらなかった。

ふいに誰かの気配を感じた。振り向くとそこには下川が立っていた。

下川はいつものように、見ているこちらが苦しくなりそうなほどネクタイをきつく締め、ジャケットのボタンをきちんと留めている。所轄の警察署という特殊な条件の中では、このような着こなしをする署員は仕事ができそうに見えないのだから不思議である。

京香は椅子を引き、立ち上がって言った。

「おはようございます、下川係長」

「ああ、おはよう。安西さん」と下川はへそのあたりで手を揉みながら言った。

まるでホテルマンのような佇まいではあるが、引きつったような作り笑いが不自然だった。そんな下川のよそよそしさが、京香が先ほどからフロア全体から感じていた妙な違和感を体現しているようだった。

「急な事案でも発生したのでしたら、そちらを優先しますが」と京香は言った。

「いや、そういうのではないんですが……」

違うことは百も承知だが、下川のはっきりしない態度に苛立って聞いただけである。

「課長が、お待ちです」と下川はなぜか小声で言った。

毎度のことではあるが、それを早く言えと下川の綺麗な靴を踏んづけたい気持ちを京香は我慢した。

「分かりました。会議室ですね」と京香は下川に背を向け、節電のため蛍光管が半分抜かれた薄暗い通路へと向かった。

いずれにしても瀬乃に会って昨日の謝罪をするつもりだったのだ。その場が用意されているのなら余計な手間が省けて済む、と京香は自分に言い聞かせた。

「あ、安西さん。あのね、そっちじゃなくて」

下川の言葉が会議室へと向かう京香の足を止めた。

「三階のほうですか」と京香は振り返った。

瀬乃は古巣の刑事組織犯罪対策課がある三階の会議室を好んで使うことが多いからだ。

「ああ、それも違うんです」と下川は複雑な表情を浮かべながら人差し指を天井に向けた。

天井に向けられた人差し指は屋上を意味している。

京香は無意識のうちに溜息をついていた。署内で唯一会話が漏れる心配のない場所が屋上だからだ。

「分かりました」

京香は下川に肩をぶつけるようにすれ違い、エレベーターホールへと向かった。

庁舎の屋上へは八階の非常口を出て、階段でしか上がることができない構造になっている。京香は一度一階に降りて買った冷えた缶コーヒーを両手に握りしめ、重い足を先へと進めた。屋上へと続く冷たい非常階段は、まるで今の京香と瀬乃の距離を象徴しているようだった。

以前の瀬乃はこんな段取りをつけなくとも、もっと気軽に話し合える相手だった。少なくとも京香が休職する前は、瀬乃はどんな些細なことでも声をかければすぐに相談に応じてくれた。二人で呑みに行くことさえ珍しいことではなかった。京香は瀬乃を上司以上の存在として認識していたし、彼も自分のことを一般的な部下以上の存在として目をかけてくれていると思っていた。二人は立場を超えた絆で結ばれていると京香は信じていたのだ。

だが休職中に瀬乃から電話がかかってくることはなかった。京香は一年間、瀬乃からの電話をずっと待っていたのだ。瀬乃はきっと自分のことを心配してくれていると信じていたからだ。しかし瀬乃からの着信は一度もないまま一年が過ぎ、ようやくかかってきた電話が京香の行動を探るような内容であったのなら遣り切れなかった。それが、京香が瀬乃からの着信に折り返すことができなかった本当の理由だった。京香は日を追うごとに瀬乃との距離が離れていくような気がしていた。しかし警察は疑う余地がないほどの上意下達社会である。上司と部下の距離が遠いのは当たり前なのだ。以前のような関係のほうがこの組織の中ではよほど不自然なのである。二人は自然な距離に戻っただけなのだ、と京香は自分に言い聞かせた。

京香は屋上へと続く重い鉄の扉を軋ませながら押し開けた。

湿度の高いねっとりとした熱が京香の体を包み込んだ。

職員が立ち入ることのできる広場の手前には、二メートル以上の高さの金網で区切られたスペースがある。中にはコンクリートの台座があり、そこから複数の鉄の柱が突き出るように伸びたアンテナが立っている。それらが送受信しているのは、デジタル信号に変換された警察無線だ。

警察無線は警察活動において情報伝達という重要な役割を担っている。その通信システムは大きく分けて車載通信系、携帯通信系、署活系の三つの無線通信系とＷＩＤＥ通信方式がある。現在では全ての無線がデジタル方式を採用しているため、アナログ方式を使用していた頃よりも第三者が無線を傍受したり妨害することは格段に困難になっている。

様々な通信システムの中で、もっともイメージしやすいのが署活系と呼ばれる署外活動系を司るシステムだろう。これは警察署と署外活動中の警察官あるいは警察官同士で通信するために整備されたものであり、制服警官が街で使用する受令機にもこのシステムが使われている。また警察署の屋上にアンテナが設置されているのは、それぞれの警察署単位で周波数が割り当てられているためでもある。ちなみに携帯電話型の無線も存在するが、京香が大崎署から貸与されている携帯電話は一般回線を使用した通常のタイプであり、事件発生時は無線と併用して使うことが多い。

アンテナを回り込むように進み広場を覗くと、遠くには灰色の空に溶け込むような新宿のビル群が見えた。

瀬乃は京香が開けた扉の音に気づいているはずだが、こちらを振り向くことなく手すりの向こうに見える景色を眺めていた。グレーのスーツを着た大きな背中が、街並みに溶け込んでいるように見えた。

缶コーヒーに付着した水滴が乾いたアスファルトに吸い込まれていった。

一度離れてしまった距離はもう縮むことはないのだろうか、と京香は缶に付いた水滴をジャケットで拭きながら瀬乃に近づいた。

「おはようございます。課長」と京香は瀬乃の背中に言った。

瀬乃はその言葉で京香に気付いたように振り返った。

「おう来たか」

緩く結ばれた紺のネクタイの結び目の奥には喉仏が覗いている。シャツの第一ボタンを留めていなくても、両手をポケットに突っ込んでいても、なぜかこの職場では頼れる存在として認識されてしまう。

「昨日は折り返すことができず、すみませんでした」

京香は缶コーヒーを瀬乃に差し出した。

「差し入れか、悪いな。じゃ遠慮なく」

瀬乃はポケットから手を出して受け取り、目尻に皺を作った。

「なにか急な用件でもありましたか」

「ああ、電話の件は気にしなくていい、なんでもないんだ。非番の日に悪かったな」と瀬乃は缶コーヒーの蓋を開け、一口飲んでから続けた。「これさ、最近味変わったと思わないか?」

質問をはぐらかしているようにしか見えないが、缶コーヒーを顔に近づけてラベルのあちこちに目を凝らす瀬乃を見ていると、問い質す気も失せてしまいそうになる。しかし京香は、昨日の瀬乃からの着信に一晩中悩まされていたのだ。それをなんでもないで済まされては気が収まらなかった。わざわざ屋上に呼び出されたことに対しての不満だってあるのだ。

京香は自分の缶コーヒーの蓋を開け、一気に半分ほど飲んで言った。「味に変わりなんてあるんですか? 甘ったるいだけで私には違いなんて分かりませんが」

無意識ではあるが、自分でもはっきりと分かるほど棘のある口調になっていた。

そんな京香の態度に気付いたのか、瀬乃は次の言葉を探すように一気に缶コーヒーを飲み干して地面に置いた。

「甘さが増したような気がするんだけどな」

瀬乃はどんなに言いづらい用件であっても先に伝える性格のはずである。京香はそんな瀬乃を見ているのが歯痒くなり、飲みかけの缶コーヒーを地面に置いて言った。

「昨日の電話は、今日ここに私が呼び出されたことと関係があるのでしょうか」

瀬乃は天を仰ぐように小さく息を吸い込んで言った。「関係があるかと聞かれれば、ないだろうな」

京香ははっきりしない瀬乃にいい加減苛立ちを感じ、自ら切り出すことにした。

「実は昨日、三笠ほのかの事務所を訪ねました」

瀬乃の反応を窺ったが、京香の言葉に驚いた様子はなかった。

京香は続けた。「雨宮という男に話を聞いたのですが、以前うちの署員がそこを訪ねているそうですね。その人物って、瀬乃さんではありませんか」

瀬乃は京香に背を向け、金網の向こうに広がる灰色の街並みを見下ろしたまま黙っていた。

「瀬乃さんも三笠ほのかの自殺について何か調べていたんですね」

沈黙に否定の意図は含まれない、刑事であればそう考えろと教えてくれたのは瀬乃だった。

どんよりとした空のように重々しい時間が流れていた。

瀬乃は向き直り、京香の瞳を射抜くように見つめて言った。「今日ここへ来てもらったのはその件ではない。一つ安西に知らせたい報告があってな。他の課員たちには昨日のうちに知らせてある」

生活安全課の課員たちの様子がおかしかった原因はこれだろう、と京香は悟った。

「これは俺なりにお前の将来を考えた上での提案でもある。きっと受け入れてもらえると信じてる」

その言葉は、これから伝えられることが下命であることを意味していた。瀬乃は言葉を選んではいるが、これは決して断ることのできない下命なのだ。つまり京香には選択肢がないという意味でもあった。そしてそれは、京香が非番だった昨日のうちに全ての段取りがつけられていたのだ。

「実はな、本部からお前を捜一で使いたいという話が来ているんだ。当面は出向という形にはなるが、お前ならそう時間もかからずに本採用となるだろう」

京香は言葉はおろか、抱くべき感情さえ見失った。

捜一とは捜査第一課のことである。そこは警視庁の刑事部の中でも殺人や強盗などの凶悪

POST CARD

料金受取人払郵便

小石川局承認

9109

差出有効期間
2021 年
11 月 30 日まで
(切手不要)

112-8790
127

東京都文京区千石 4-39-17

株式会社　産業編集センター

出版部　行

★この度はご購読をありがとうございました。
お預かりした個人情報は、今後の本作りの参考にさせていただきます。
お客様の個人情報は法律で定められている場合を除き、ご本人の同意を得ず第三者に提供することはありません。また、個人情報管理の業務委託はいたしません。詳細につきましては、「個人情報問合せ窓口」(TEL：03-5395-5311〈平日 10:00 ～ 17:00〉)にお問い合わせいただくか「個人情報の取り扱いについて」(http://www.shc.co.jp/company/privacy/)をご確認ください。

※上記ご確認いただき、ご承諾いただける方は下記にご記入の上、ご送付ください。

株式会社 産業編集センター　個人情報保護管理者

氏名《ふりがな》

(男・女／　　　歳)

ご住所　〒

TEL：

E-mail：

新刊情報を DM・メールなどでご案内してもよろしいですか？	□可　□不可
ご感想を広告などに使用してもよろしいですか？	□実名で可　□匿名で可　□不可

ご購入ありがとうございました。ぜひご意見をお聞かせください。

■ お買い上げいただいた本のタイトル

ご購入日：　　年　月　日　書店名：

■ 本書をどうやってお知りになりましたか？

□ 書店で実物を見て
□ 新聞・雑誌・ウェブサイト（媒体名　　）
□ テレビ・ラジオ（番組名　　）
□ その他（　　）

■ お買い求めの動機を教えてください（複数回答可）

□ タイトル　□ 著者　□ 帯　□ 装丁　□ テーマ　□ 内容　□ 広告・書評
□ その他（　　）

■ 本書へのご意見・ご感想をお聞かせください

■ よくご覧になる新聞、雑誌、ウェブサイト、テレビ、よくお聞きになるラジオなどを教えてください

■ ご興味をお持ちのテーマや人物などを教えてください

ご記入ありがとうございました。

犯罪摘発を担当する犯罪捜査の花形とも言えるセクションだ。

「なぜ捜一なんですか」

それが、京香がようやく口にできた言葉だった。

「安西も知っての通り、俺は捜一にいた時期があってな。そこの管理官の一人は俺の同期なんだ。そいつから優秀な人材を探しているという相談を受け、お前を推薦したら是非使ってみたいということになった。安西も本部への異動が決まった時、言ってたじゃないか。刑事である限り、いつかは捜一で活躍してみたいと」

今の京香の状況を考えれば、瀬乃に飛びつきたくなるほど嬉しい話のはずである。刑事なら誰もが憧れる捜査第一課へ異動できるチャンスなどそうあるものではない。もちろん異動が決まっていた生活安全部にも魅力はあったが、捜査第一課で働くということは刑事にとって、それとは比べものにならないほどの栄誉なのだ。そんな場所で自分の力を試してみたいと考えない刑事などいないだろう。だが、京香はそもそも本部への異動を一度取り消された身だ。そのため大崎署に骨を埋めるか、もしくは退職して新たな人生を始めるか、それ以外に京香に残された選択肢はないと思っていた。警察という組織の中では、一度でも経歴に傷がついた職員はその将来を諦めるほかないのだ。理由は知らされていないが、一度は本部にいた瀬乃も懲戒処分という形で所轄へと戻され、出世の道を閉ざされたままの状況が続いているほどだ。そんな組織の中で、本部のしかも捜査第一課に出向できるということは、今の京香の立場を考えれば悪い話であるはずがなかった。

ふと、エレベーターホールで見た梶田の薄笑いが京香の脳裏をかすめた。課員たちは京香の立場をよく理解した上でこの話を聞かされているのだ。今朝彼らの様子がよそよそしかった本当の理由は、これで厄介者を追い出すことができると思っていたからだろう。京香は心に病があることを理由に本部への異動を一度取り消されている。それが大崎署の面子を保つための処分だったとは言え、京香は署内でも欠陥がある人物と評価されているのだ。やはりどう考えても、そんな人間を本部がもう一度迎え入れるなど信じることのほうが難しい。もはやこの大崎署には、京香を追い出してまで守りたい秘密があるとしか考えられなかった。

京香は栞里が自殺した本当の理由を知りたいという一心で一年もの孤独な休職期間を耐え、大崎署に復職した。そのためなら、理不尽な職務を押しつけられようが心ない陰口を叩かれようが、耐える心積りでいた。でもそれは、瀬乃だけは味方でいてくれると信じていたからだった。だがそんな瀬乃が、京香をこの大崎署から切り離そうとしているのだ。京香は遣り場のない失望を抱えた。

それなのに、京香は瀬乃の提案を押し返すことを躊躇っていた。捜査第一課への出向は、京香にとってそれほどまでに魅力的な話だった。

「返事はいつまでにすればよろしいでしょうか」

京香はそんな言葉を返すことしかできない自分を蔑んだ。

瀬乃の回答を遮るように、鉄が軋む音が屋上に響いた。

振り向くと、そこには血相を変えて走って来る荻堂の姿があった。

「何かあったのか」と瀬乃が尋ねた。

荻堂は素早く呼吸を整え、二人に聞こえるように言った。

「五反田駅西口付近のホテルの一室で、自殺体が発見されました。遺体の身元は鮎川翔、三笠ほのかのマネージャーだった男です」

京香はその言葉の意味をすぐに理解することができなかった。だが、その足はすでに非常階段へと向かっていた。


鮎川翔の遺体が発見されたホテルは、五反田駅西口の線路に沿うように続くホテル街最奥の路地を入った場所にあった。

五反田駅は桜田通りを跨ぐ高架駅となっており、その線路は人々の頭上にある。そのため線路沿いは辺り一帯が薄暗く、昼前にもかかわらず人通りは多くなかった。ホテル街という特殊な環境がそうさせているのかもしれないが、昼間よりもネオンが輝く夜のほうが明るい印象がある通りである。
現場のホテルの前にはエントランスを塞ぐように大きな壁が設置されていた。これはロビー内が見えないように配慮されたいわばラブホテル特有の設計で、客はその壁の両脇から出入りするようになっている。壁の正面には英字の筆記体で記されたホテル名と、宿泊と休憩の値段が表示された看板が掲げられ、その隣には電光掲示板があり『満室』と点灯していた。宿泊していた利用客たちには事情を説明し、すでに部屋を出てもらっている状態である。

エントランスに現場保存テープが張られたホテル前の路地には一台のパトロールカーが窮屈そうに停車していた。赤色灯は点いていないが、狭い路地にそれが停まっているだけでも威圧感はある。路地の曲がり角には二名の制服警官が立っており、通行人が入ってこないように誘導を行っていた。人通りが少ない通りとは言え、野次馬はどんな場所にでも集まって来るものである。

京香が現場に到着してからすでに半日近くの時間が過ぎていた。ホテルの前で鑑識の作業が終わるのをじっと待っているのだ。
現場では鑑識活動が終わるまでは、どんな立場の職員であっても現場に入ることはできない。それがたとえ捜査の最高責任者である所轄署の署長であろうと例外ではない。むやみに鑑識以外の職員が現場に入れば、指紋や髪の毛や靴跡などの重要な物的証拠を失う可能性が高く、現場の保全ができないからだ。そして鑑識による現場検証と死体検査が終わり、はじめて殺人か自殺かの正式な判断が下されるのだ。

規則は理解しているものの、鑑識の判断を何時間も待つほかない京香は苛立っていた。荻堂の報告通り、遺体が三笠ほのかのマネージャーだったとしても、それが翔であるとは限らない。彼女のマネージャーが翔であるというのは、あくまでも京香の推測でしかないのだ。遺体が翔ではない可能性はまだ残されている。職業柄のせいか京香は楽観的に物事を考えることはあまりないのだが、今回ばかりは自らにそう言い聞かせるしかなかった。

野次馬の整理に当たっていた制服警官の一人が京香に近づいてきた。

地域課の市井である。半袖シャツにベストという夏仕様の制服ではあるが、額の汗が八月の暑さを物語っている。

「お疲れ様です」と市井は京香の前で素早く身を引き締めた。

キビキビとした態度が若々しかった。

「お疲れ、何か動きはあった？」

何かあれば逐一報告するようにと、京香が指示を出していたのだ。

「いえ、まだ署からは何の指示も入っていません。鑑識も悩んでいるのだと思います。場所が場所ですからね」

京香は市井に報告の礼を告げて続けた。「市井、姿勢崩していいからさっきの話、もう少し詳しく聞かせてくれない？」

市井は路地の先を覗くように確認して言った。「状況次第では持ち場へ戻らなければなりませんが、よろしいでしょうか」

市井の姿勢は直立したままだった。これが警察という組織の中での一般的な上司と部下の関係である。

「構わないわ。今朝ホテルからの通報があったのは何時？」

「センターが通報を受けたのは七時半過ぎでした。その後すぐに五反田駅前交番に無線が入り、その場にいた自分が現場へ駆けつけました」

センターとは、警視庁通信指令本部にある通信指令センターのことである。二三区内で住民が一一〇番通報をすると、全ての電話はそこへ繋がる仕組みになっている。毎日五〇〇〇件以上の一一〇番通報が寄せられ、その通報が犯罪捜査の端緒となることも多いため、通信指令センターは警視庁の心臓部と言っても過言ではない。

「通報したのはホテルの管理人と言ってたわね」

「はい。管理人というか、フロントのおばちゃんです」と市井は身を固くしたまま真面目な顔で言った。

京香は若者が使うおばちゃんという言葉になぜか苛立ちを覚えたが、会話を続けることにした。

「いいわ。そのおばちゃんが、昨夜九時頃に休憩で入った男性が時間を過ぎてもチェックアウトしなかったため、何度かその部屋に内線電話をしたのよね。でも、休憩っていえば長くても三時間くらいでしょう。それならもっと早い時間に通報があってもよかったと思わない？」

「おばちゃんが言うには、休憩で入ってそのまま寝ちゃう人も多いため、放っておいたんだそうです」

「それならチェックアウトの一〇時まで放っておいてもおかしくはないけど、なぜそのおばちゃんは七時半に通報してきたの？」

「はい。おばちゃんは空室の掃除を毎朝六時半から始めるそうなんです。それでいつも通り、その時間に部屋の掃除を始めようと最初の部屋に入ったところ、なぜかそこに若い男が寝ていたので驚いたのだそうです。本来チェックアウトになっているはずの部屋ですが、休憩で入った客がまだ帰っていなかったことをすっかり忘れていたんですね。それで慌てたおばちゃんはすぐに男に謝罪をして部屋を出たのですが、何か様子がおかしいと思い、部屋へ戻ってその男を確認したんだそうです。そしたら体が冷たくなっていたので慌てて一一〇番通報をしたということです。そして自分が最初に駆けつけた次第です」

市井は直立したまま少し誇らしげな表情を浮かべている。

「よく分かったわ。市井は遺体がある現場は初めてではないのよね」

「はい、何度か経験してます。先日の女子高生の自殺でも私が向かいました」

「そう、だから落ち着いているのね」

「ありがとうございます」と市井は嬉しそうな表情を浮かべた。

「ところで今回の男性の死因をどう考えてる？　市井の見立てでいいから教えて」

市井は表情を曇らせて言った。「それが自分には全く分かりませんでした。自分もおばちゃんと同じように、最初は寝ているのではないかと疑ったほどでしたから」

京香は寝ているという言葉に妙な違和感を覚えたが、質問を優先することにした。

「私が大崎署で知らせを受けた時、すでに遺体の身元が判明していたけど、どうして男の名前が分かったの？」

「ああそれはおばちゃんが彼の財布を調べたそうで、その際に免許証が落ちたんです」と市井は眉間に大きな皺を寄せて続けた。「自分が思うに、そのおばちゃん、延長料金を取ろうとしたのではないかと。でも財布には幾らも入っていなかったとおばちゃんは言ってましたけど」

若さ故の無駄な推理は京香にも経験があるため、その話には付き合わないことにした。

「それで男の身元がすぐに判明したということね」

「はい。免許証の写真と遺体の顔を照らし合わせましたが同じ人物でした。鮎川翔という二九才の男性です。随分と高級そうな腕時計を持っていたので、財布が空のはずはないと自分は踏んでます」

市井の得意げな表情とは裏腹に、京香は落胆が隠せなかった。

その説明で遺体が翔である可能性がさらに高まったのだ。京香はいよいよ覚悟を決めなければならないと思った。

「安西さん、どうかいたしましたか」

京香は咄嗟に首を振って言った。「なんでもないわ」

「すみません。野次馬がまた集まって来たみたいなので、自分は一旦失礼します」と市井は窮屈な路地を全力で走って行った。

京香は薄暗い路地にひっそりと佇むホテルを見上げた。今このホテルの一室にいる西脇が今回の件を事件とみるか、自殺とみるかで、今後の大崎署の動きは大きく変わってくる。もし西脇が事件、つまり他殺の可能性があると判断すれば、その情報はすぐに本部へ報告されることになる。その場合、以降の鑑識捜査は本部が主導することになり、彼らも同様の殺人事件であると断定すれば、大崎署には捜査本部が設置されることになる。本部から五〇人規模の捜査第一課の刑事たちが大崎署へ乗り込んでくるのだ。そうなれば大崎署の刑事たちは現在関わっている事案を一旦止めて、本部の刑事たちと共に捜査を進めることになる。一方、これが自殺とみなされれば新崎芽衣奈のケースと同様、大崎署は遺族への遺体の引き渡しと簡単な聞き取り、そして数枚の報告書を作ってこの事案は終了となる。事件とはみなされないため大崎署の刑事組織犯罪対策課も動くことはない。そのため一連の作業は生活安全課が行うことになるはずだ。だが今の京香の状況では、その担当を申し入れたところで許可が下りることはないだろう。事件か否か、そのどちらにせよ京香が捜査に加えられる可能性が低いことは間違いなかった。今の京香にとって大崎署は針の筵《むしろ》なのだ。

しかしそんな京香も、今回ばかりは事件とみなされるだろうと考えていた。五反田のラブホテルの一室で若い男性が一人で死んでいたのだ。しかもその男性は半年前に自殺した人気アイドルのマネージャーである。そこに事件性を感じない刑事など、どこを探してもいない。やはり何度考えてみても今回の事案は本部主導となる公算が大きいと京香は踏んでいた。また、情報公開の方法次第ではマスコミがスキャンダラスな事件として扱う可能性があった。今やジャーナリズムよりセンセーショナリズムが優先される時代である。もし世間から注目を浴びるような事件に発展すれば、京香が今回の事案に近づくことはますます難しくなる。京香はそうなる前にどうしても遺体を確認したかった。遺体が翔でない可能性もまだ残されているとは言え、同時にそれが翔であるという覚悟もできている。ならばせめて、京香はその現場を自らの目で確認したかった。

京香は昨日躊躇などせずに翔に電話をしていれば、彼は死なずに済んだのだろうかと何度も自問していた。今さら後悔したところで結果が変わることはない。だが翔が三笠ほのかのマネージャーだという可能性があると分かった時点で、すぐに行動に移すべきだったのだ。京香は電話一本できない自分の愚かさを悔やんだ。

市井が整理する野次馬たちをすり抜けるように一台の車両が路地に入って来た。セダンタイプの黒い車両は静かにパトロールカーの後ろに停車した。京香はすぐにナンバーを確認したが、大崎署が所有する車両ではなかった。どうやら機動捜査隊の車両のようだ。

機動捜査隊は、事件発覚後の初動捜査を司る警視庁刑事部に所属する広域捜査隊である。機動捜査隊の車両は緊急走行時以外は一般車両を装っているため赤色灯を点けず、サイレンを吹鳴させない規則になっている。これには暴行などの現場に急行した場合、現行犯の認知により犯人を素早く逮捕できるといった理由がある。

機動捜査隊員たちは車両から降りることなく、車内で待機していた。本部からの指示か、あるいは大崎署の判断を待っているのだろう。本部が今回の事案に何らかの形で乗り出す準備を進めていることは、現場の雰囲気からも如実に伝わってきた。

野次馬の数も徐々に増え、現場はいよいよ物々しい雰囲気を醸し始めていた。市井が要請を出したのか、地域課の制服警官の数も増えていた。

野次馬を掻き分けるように、自転車に乗った荻堂の丸いシルエットがこちらへ近づいて来るのが見えた。

荻堂は自転車をホテルの近くに停めると、小走りで京香のもとへやって来た。

「お疲れ様です。どうっすか？」と荻堂は額の汗を紫色の布切れで拭きながら言った。

「それ腕章よ」と京香は指摘した。

荻堂は腕章をハンカチと間違えていたようで、慌ててポケットからそれを取り出した。

「なに、あんたここの担当になったの」と京香は荻堂が手にする腕章を見つめながら言った。

「いえいえ、まだ事件と決まった訳ではないので。といってもこの様子だと、うちの署に帳場が立つのも時間の問題ですね」と荻堂は二台の車両が停まる狭い路地を見渡した。

帳場とは捜査本部のことである。

「担当でもないのになんであんたが？　ああ、課長の命令か……」

荻堂は返事の代わりにわざとらしいほど気まずそうな表情を浮かべ、話題を変えた。

「そういえば聞きましたよ。捜一行くんですって？　僕は今朝知らされましたけど、うちの課はその話で持ちきりですよ。でも凄いですよね、安西さんならまた本部行きのチャンスはあると思ってましたが、まさか捜一だなんて。もちろん行くんですよね」

京香はどう返事をすれば良いか分からなかった。

荻堂は声を潜めて言った。「安西さん、もしかしてほのりんの件と、マネージャーの件は繋がっていると考えてます？」

「それだけじゃない。新崎芽衣奈の自殺も繋がっているように思えてならないの。それが解決するまでは大崎署を離れてはいけないような気がして……」

荻堂は深く息を吐いて言った。「でも今回ばかりは現場に入るのは難しいと思いますよ。場所が場所だけに、鑑識がこれを事件と判断する可能性は高いんじゃないですか」

「そうなれば、私たち所轄は現場に入ることさえできなくなるわね」

「僕らは本部の言いなりですからね」と荻堂は小さな息を吐いて続けた。「ただ、他殺じゃないような気もするんだよな……」

京香は問いかけるように荻堂に視線を送った。

「ほのりんの自殺では後追いする者が出るほど多くのファンが悲しみましたけど、それはマネージャーだった鮎川翔も同じだったと思うんです。むしろ一番苦しんでいたのは彼なんじゃないかと。変な話、そんな人が自殺する理由なら僕も分かるような気がします。でも、殺される理由は分かりません」

荻堂はハンカチと腕章を強く握りしめていた。

京香も荻堂と同じ違和感を抱いていた。翔の素性を知っているわけではないが、彼が誰かに恨みを持たれるような人間とは、どうしても思えないからだ。

鑑識の判断がどうであれ、遺体を直接確認できるチャンスは今しかない。本部が介入してからでは遅いのだ。

京香は覚悟を決め、荻堂が手にしている腕章を奪った。

「ちょっと借りる」

「え！　待ってくださいって。まさか入るんですか。そんなことしたら今度こそただじゃすみませんよ」

京香は荻堂の必死の説得を振り切るようにホテルのエントランスに張られた現場保存テープを潜った。

目的の階に到着し、扉が開いても揺れがなかなか収まらないエレベーターを降りると、噎《む》せるような独特の臭気が京香の鼻腔を刺激した。肺がその臭気を吐き戻すような反応を何度か繰り返すと、京香はようやくその場の空気に慣れた。

廊下のカーペットは元の色が判別できないほど変色していた。京香は重い足を引きずるように、薄暗い廊下を奥へと進んだ。

部屋は廊下を突き当たった場所にあった。廊下に署員の姿はなかったが、扉は開かれたままになっている。大崎署の鑑識係が部屋の中でまだ作業を続けているのだろう。

入り口の少し前で京香の足が固まった。足が竦んだのだ。

覚悟はできている、と京香は踵をカーペットから引き剥がすように足を上げた。しかし京香の足は一歩後ろに下がっていた。

西脇が部屋から出て来たためである。彼も京香に驚き急に立ち止まったため、後ろに続いていた二名の係員が入り口を塞ぐように立往生した。

京香と西脇は鉢合わせしたように廊下で立ち止まっていた。

「ん？　なんで嬢ちゃんがここにいる」と西脇は咥え煙草をした顔を顰《しか》めた。

「その……」京香はすぐに言葉が浮かんでこなかった。

「まあちょうど引き上げるところだったから別にいいけどよ。ああ、嬢ちゃんに聞きてえことがあったな……」

西脇は咥えた煙草を廊下の先へ向け、二名の係員たちに先に行くよう促した。

二名の係員は「へえっ」と短い返事をし、京香を睨みながらエレベーターホールへと向かって行った。まるで西脇の子分のような所作である。

西脇は言葉を失った京香に言った。「そういやお前さん、捜一に行くんじゃなかったのか」

京香はその質問には答えずに言った。「翔は、殺されたんですか」

その声は自分でもはっきりと分かるほど震えていた。

「なんだよ。ホトケと知り合いだったのか。まさかこれとか言わねえよな」と西脇は親指を上げて見せた。

京香はもう一度、西脇を睨みつけるように尋ねた。「教えて下さい。翔は殺されたんでしょうか」

西脇はつまらなそうに言った。「それがよお、どうも合点がいかねえんだ」

「どういう意味でしょうか」と京香は言って歯を食いしばった。

今はどんな感情も押し殺さなければならない。

「お前さんがどんな答えを期待してんのかは知らねえが、自殺だ。誰かと争った形跡もねえし、金品を奪われた形跡もねえ。コロシを疑う余地すらねえもんだから、こっちも素直に結論が出せなくってよ」

なぜかは分からないが、京香は西脇の言葉に少し安堵した。

「それにしてもよ、よりにもよってなんでこんな場所を選んだんだか。そのせいでこっちは他殺の可能性を片っ端から潰さなきゃならねえんだ。おかげで時間ばっかり食っちまった。まったく傍《はた》迷惑な野郎だぜ」

京香は俯《うつむ》いて拳を握りしめた。

「そうだったな。悪気はねえよ」と西脇は咥えた煙草を下げて続けた。「今なら誰もいねえから、入り口の辺りから覗くだけなら構わねえ。分かっちゃいるだろうが、触んなよ。俺はニコチン入れて来る」

京香は呟くように礼を告げ、頭を下げた。

西脇は薄暗い廊下に溶け込むように去って行った。

京香は踵をカーペットから引き剥がすように廊下を進み、部屋に足を一歩踏み入れた辺りで立ち止まった。

目を閉じて呼吸を整えようとしたが、吐く息さえ震えていた。

京香はゆっくりと目を開けた。濃いピンク色の電灯の傘が光に色を付け、部屋を赤く染めていた。窓はあるが手前に雨戸のような板があるため、外の光は遮られている。まるで夜のまま時が止まっているような部屋だった。部屋の入り口付近には狭い沓脱ぎスペースがあり、ユニットバスへの出入り口もそこを使うようになっている。ユニットバスと部屋を仕切る磨りガラスの折り戸は開いたままになっており、中の電気は消えていた。昨夜からシャワーを使った様子はなさそうだった。

折り戸のすぐ先には部屋が広がっていた。室内のサイズを間違えたような大きさのベッドと、ベッドサイドテーブルが押し込められるように置かれていた。安っぽい読書灯が設置されたベッドサイドテーブルの上には、リモコンが二つと部屋の鍵が置かれている。入り口からは見えないが手前の壁にはエアコンとテレビが設置されているようだ。そしてリモコンの隣には財布とスマートフォンと腕時計が置かれていた。どれも翔の持ち物で間違いなかった。

ベッドの上の男性が翔であることは一目で分かった。京香は何度も彼と夜を共にしてきたのだ。近づいて確認するまでもなく、そのシルエットを見るだけでも判別できた。翔は眠るように仰向けで横たわっていた。上半身は何も着ておらず、下半身にはシーツがかけられている。名を呼べばいつ起きてもおかしくないほど安らかな顔をしていた。それは京香の部屋で何度も見た寝顔のままだった。

京香は赤く染まった部屋の入り口でその遺体から目を逸らすこともできず、ただ立ち竦むだけだった。翔に触れたくても、せめて一歩近づきたくても、刑事であるが故にそれを禁じられているのだ。京香はこれほどまでに自分の職業を恨んだことはなかった。

ふいに視界が何かに遮られ前が見えなくなった。部屋の色に染まった赤い涙が京香の瞳を覆い尽くしていた。

「どんな夢を見ていますか……」

それが言葉になっていたかは分からない。なぜそんな言葉をかけたのかも分からない。ただ、体の奥から押し出されるように声が漏れた。

京香は歯を強く食いしばり、今にも溢れ出しそうな感情を涙と共に体の中へ押し戻した。刑事が現場で泣くなどあってはならないのだ。

京香と翔は、目には見えない細い糸で繋がれた関係だった。いつ途切れてもおかしくはない、そんな危うい関係であることは承知の上で京香は翔に会っていた。だが、二人の関係がこんな結末を迎えるなど考えたことさえなかった。もっと話し合えばよかった、もっと分かり合おうとすればよかった。そう悔やむしかなかった。

京香は自分の都合で翔を呼び出していたに過ぎなかった。翔を睡眠を得るための道具のように考えたことさえあった。しかし翔はそんな京香の心情を察し、訳を聞くこともなく寄り添ってくれた。そこに金銭的なやりとりがあったとしても、いつしか翔は京香にとって掛け替えのない存在になっていた。翔がいなければ長く孤独な休職期間を乗り越えることも、今こうして現場に立っていることさえなかったかもしれないのだ。まさかその翔が自らの生を閉じなければならないほどの苦しみを抱えていたとは思いもしなかった。京香はそんな翔の心中を一度たりとも分かろうとしたことはなかった。京香は自分勝手な関係を一方的に翔に押し付けていた自分を蔑んだ。

翔がそれほどまでに追い詰められていたのなら、なぜ気づいてあげられなかったのだろうか。なぜこんな場所を人生の最後に選んだのだろうか。誰か寄り添ってくれる人はいなかったのだろうか。いないのであれば、せめて自分が寄り添うことだってできたはずなのに……。以前はあんなにも簡単に触れられた温もりも、京香を案じてくれた優しい声も、消えてしまったのだ。

赤く染まった部屋に散乱した整理のつかない思考が、幾つもの感情をかき混ぜるように京香の胸を苦しめていた。意識をしなければ呼吸さえ止まってしまいそうだった。

ふと京香の右肩に温もりが伝わった。冷え切った京香の体がそこから熱を取り戻していくようだった。振り向かなくても、自分の体を温めるその人物を認識することはできた。

京香はその支えがなければ崩れ落ちてしまいそうになり、その手に自分の右手を添えた。

「彼と知り合いだったんだな」

それは京香の苦しみを包み込むような声だった。

京香は振り返り、瀬乃の胸に顔を埋めた。

鍛えられた瀬乃の体が京香を力強く受け止めた。

「どうしてですか。どうして私の大切な人ばかり……」

京香は言葉にはならない感情を瀬乃の胸にぶつけた。

瀬乃は何も言わず、じっと京香の痛みを受け止めていた。

赤く染まった部屋の片隅で、京香は全ての感情を吐き出すように泣いていた。


そこは気怠い空気を纏う街中に突如出現した聖域のような空間だった。

雲間にぽっかりと穴が空いたような丸い夜空には、中途半端に欠けた月が浮かんでいる。

京香と瀬乃は、五反田駅から歩いて一五分ほどの場所にある池田山公園にいた。

都内でも有数の高級住宅地の中にあるその公園は、起伏に富んだ地形を生かし、高台から池を眺めることができる池泉回遊式庭園である。備前国岡山藩主池田家の下屋敷《しもやしき》跡を公園にしたことがその名の由来とされている。

公園は八月の暑苦しさを忘れるほどの涼やかな空気に包まれていた。営業時間はとっくに過ぎているため、園内には京香と瀬乃の他に誰もいなかった。瀬乃は管理人と知り合いのようで、二人は特別に入園を許可されているのだ。そのため園内の街灯は一つも点いていないが、近くにある自動販売機の照明と月明かりが、京香と瀬乃のいる高台に設置された小屋をうっすらと照らしていた。

暗順応により京香の網膜は感度が上がっているため、肉眼でも暗い園内を認識できるようにはなっている。だが瀬乃は小屋のベンチに座る京香に背を向けるように立っており、その表情は見えなかった。

京香は瀬乃に、自分と鮎川翔の関係を話した。そして、休職中から続く不眠症に悩んでいることも打ち明けた。

瀬乃は京香の話が終わるまで黙って聞いていた。

京香が話を終えると、水が弾かれたような音が聞こえた。暗くて小屋の先の様子はよく見えないが、池の鯉が跳ねたようだ。

瀬乃は先ほど自動販売機で買った缶コーヒーを地面にそっと置いて言った。「大切な人だったんだな」

京香は呟くように答えた。「はい、私にとっては」

「今、うちの課の連中が彼の身元引き受け人を探しているはずだ。ご遺族のかたが見つかったら会うか？」

「いえ。ご遺族のかたに余計な心労をかけさせたくはありませんから」

「そうか」と瀬乃は肩を落として言い、京香が座るベンチの端に腰掛けた。

京香はその表情を窺った。瀬乃の眼差しは池の先に向けられているようだった。

「実は安西に話しておかなければならないことがあってな。それでこんな場所へ来てもらったんだ」

わざわざ営業時間を過ぎた夜の公園に呼び出すほどである。京香は今度こそ懲戒免職となる心構えでこの場所へ来ていた。許可なく二度も現場に臨場した上に、本部への異動の話にも答えを出さずに大崎署に居座ろうとしているのだから当然である。

「どんな話でも覚悟はできています」

瀬乃は京香に視線を合わすことなく、何度か頷いてから言った。

「今から一〇年以上も前の話になるが、ここで一人の男性の遺体が発見された。その人はこの池の先で眠るように亡くなっていた」

免職の話ではなさそうである。京香は瀬乃の視線の先をあらためて見つめた。だが、暗い池の先には闇しか広がっていなかった。

「夏を迎える前のまだ涼しさが残る日の明け方だった。ここの管理人が遺体を見つけて一一〇番通報し、うちの地域課が駆けつけたんだ。死因は服薬自殺。なぜ彼がこの場所を選んだのかは分からない。だがここは大崎署の管区だ。彼は自分の遺体が我々に発見されることを望んでいたのかもしれないし、あるいは俺に見つけて欲しかったのかもしれない」

「その男性は、瀬乃さんの知り合いだったのですか」

「知り合いというべきかは分からないが、俺は彼に返せないほどの借りがある」

瀬乃はジャケットの内ポケットから細長い紙を取り出し、京香に差し出した。

「これは彼が亡くなった時、着ていた上着の中に入っていたものだ」

京香はその皺だらけの紙を受け取った。

細長い厚手の紙の先には小さな穴が空いており、紐で作った輪が通されている。微かな光を頼りに目を凝らすと、そこには子供が書いたと思われる色褪せた文字が並んでいた。

『お父さんと　すいぞくかんへいきたいです　きょうか』

文字が消えてしまい、読めなくなっている部分はあるが、確かにそう書いてあった。

「短冊……」

無意識に発したその言葉に続くように、京香の幼い頃の記憶が蘇った。それは京香がまだ小学校の低学年だった頃、七夕の行事で飾りと一緒に作った短冊だった。京香は父に連れて行ってもらった水族館の思い出が忘れられず、もう一度家族でそこへ出かけることを願いその短冊を作ったのだ。そして七夕の行事が終わると、京香はその短冊をこっそりと家に持ち帰り、父の部屋にあったジャケットに忍び込ませたのだ。しかし京香にとっては遠い昔の話である。まだ思春期さえ迎えていない子供の小さな悪戯《いたずら》だ。忘れているのも無理はなかった。

しかしなぜ、瀬乃がこの短冊を持っているのだろうか。京香はその疑問に対して浮かび上がった一つの解を払拭することができなかった。

「ここで亡くなっていた男性というのは、私の父なのですね？」

瀬乃は京香の質問に答えずに立ち上がると、小屋の先で立ち止まった。

「安西、お前は父親がどんな仕事をしていたか知らないと言っていたな」

京香は瀬乃の背中に言った。「はい。結局教えてくれることはありませんでした。何かの研究者を目指していたという話は母から聞いたことがありますが、私は父は警察関係の仕事に就いていたのではないかと考えています。それも機密性の高い部署、例えば公安部です。漠然とした考えではありますが、そう考えると全ての辻褄が合うんです」

公安とは国家の安全と維持を目的として設置された警視庁公安部のことである。過激派やカルト教団によるテロ、諸外国のスパイや国境を越えた拉致犯罪など、日本の敵となる国家や組織を対象とした捜査と諜報活動が彼らの主な仕事だ。

瀬乃は夜空を見上げて言った。「お前のお父さん、安西さんは公安の人間ではない。麻取《まとり》の捜査官だったんだ」

京香は返す言葉さえ思いつかなかった。瀬乃が発した、麻取という言葉の意味を理解するには暫しの時間を要したからだ。

麻取とは厚生労働省の地方厚生局麻薬取締部に所属する麻薬取締官のことである。警察官は一般司法警察職員に属するが、麻薬取締官は特別司法警察職員に属し独自の捜査機関を持っている。彼らはその名の通り麻薬を中心とした違法薬物の取り締まりを担当しており、必要に応じて拳銃など武器の所持も認められている。また、犯人をすぐに逮捕せずに行動を監視するコントロールド・デリバリーと呼ばれる泳がせ捜査や、おとり捜査といった捜査手法が認められた特殊な存在でもある。

京香は無意識のうちに胸を押さえていた。シャツの下のくらげのペンダントトップが素肌を刺激し、その痛みが神経を伝い京香の脳を激しく回転させた。

京香は父を警察の人間だとばかり考えていた。それも警視庁の公安部という秘匿性のある特殊な組織の下で仕事をしていたのだと。公安部の捜査官は機密事項を扱うことが多いため、家族にさえその職務を明かさないことがあるからだ。それが奇抜な考えであることは京香も自覚していたが、そう考えなければ父の行動に辻褄が合わなかったのだ。

しかし父が公安部ではなく麻薬取締部に所属していたという瀬乃の言葉には妙な説得力があった。何より、京香はその言葉を拒絶することができなかった。麻薬取締部という言葉は、常に謎めいていた父の行動を通解するには十分過ぎるほどの力を持っていた。刑事になった今あらためて思い返してみても、父の所作や風情は警察官が持つそれとは異なるものだったからだ。まさか父が厚生労働省の人間だとは考えたことはなかったが、そう考えるのであれば、常に謎めいていた彼の行状は違和感なく繋がってしまうのだ。

瀬乃は池の先の闇を見つめたまま続けた。

「安西さんは当時ある薬を追っていた。しかしそれは麻薬ではなかった。麻取が麻薬以外の薬を追うなど異例なことではあるが、その危険性を恐れた彼らは独自に捜査を立ち上げたんだ」

「麻取が麻薬ではない薬を……一体どんな薬だったのですか」と京香は尋ねた。

「たった一錠で死ぬことができる薬だ」

「まさか……」

言葉が勝手に口をついていた。

「驚くのも無理はない。だがお前が解決に導いた薬科大生の事案とは別物だ。当時出回っていた薬は、もっと質の悪いものだった。後遺症だけが残り、死に至らないケースさえある危険な薬だ。いや薬というよりも、猛毒と言ったほうが近いだろう」

「父はその薬を追っていたのですか」

瀬乃はゆっくりと頷いて言った。「だが麻取はその薬だけを追っていた訳ではない。彼らが本当に恐れていたのはその薬が持つ意味、つまり思想だ。お前ならその意味が分かるはずだ」

「いつでも死ぬことができる権利……」

「ああ。麻取は薬と共に拡散するその思想を恐れていたんだ。当時の日本は経済が大きく落ち込み、回復の兆しが見えない低迷期が長く続いていた。先の見えない不安は社会全体に広がっていた。残忍で陰湿な事件だけでなく、法整備が遅れていたインターネットを利用した事件も多く発生し、警察も頭を抱えていた時期だった。もしそんな薬があることが世間に広がれば、その需要は計りしれないものとなる。そう考えた麻取は公安だけに任せてはいられないと判断し、警察とは別に捜査チームを立ち上げたんだ。実際、薬物の販売ルートを探る能力は彼らのほうが優れているからな」

「その薬を販売し、利益を得ようとした新手の暴力団がいたということですか」

「暴力団よりも厄介な存在かもしれない。奴らはカルト教団を装った組織だった。人の弱みに付け込み、インターネットを利用して法外な値段でその薬を売っていたんだ」

「インターネットの中に架空の教団を作り、それを隠れ蓑に薬を販売していたと？」

「ああ。麻取でさえその実態を掴めなかったことを考えれば、組織としての体裁さえ為していなかったのかもしれない。だが麻取は、薬の購入者を装うことで奴らへと繋がる手掛かりを見つけた。それは取引が行われる際にインターネット上で使用されていた一つのキーワードだった」

「それが、セリーヌだった……では一年半前に薬科大生が名乗ったのは」と京香は尋ねた。

「恐らくそこから名前を取ったのだろう。その名は死神とも呼ばれ、今でも都市伝説として一部の若者たちの間で噂されているようだ」と瀬乃は答えた。

雲が月を隠し、辺りはいっそう暗くなった。

瀬乃が闇と一体化したように見えた。

京香にとってカルト教団を装った薬物密売組織の話など、父が麻薬取締官だったこと以上に突拍子もない話だった。到底受け入れることはできない話のはずである。だが今の京香にはその話を拒絶することのほうが難しかった。耳慣れない言葉に動揺していることは事実だが、腑に落ちてしまうのだ。少なくとも京香が知るセリーヌと、三笠ほのかや芽衣葉が言葉にしたそれとは、別の意味を持っていることは判明した。セリーヌという都市伝説を調べて欲しいと、京香のもとへ現れた芽衣葉の訴えも合点がいく。そして、同列に考えるなという西脇の言葉や、江ノ島の見える浜辺で父が自らの仕事について初めて京香に語った言葉の意味さえも腹に落ちてしまうのだ。

だが釈然としない疑問は残されたままだった。父が麻薬取締官であり得体の知れない組織を追っていたことが事実だとしても、なぜ瀬乃は京香が書いた短冊を持っていたのだろうか。京香はこれまでの瀬乃の話の中にその答えを探したが、見つけることはできなかった。

京香の疑問に答えるように、闇の中から瀬乃の声が聞こえてきた。

「そもそもそのような反社会的組織を監視するのは公安の仕事だ。麻取も我々刑事も、通常であればそれらの捜査に関与することはない。当然ながら当時捜一に所属していた俺も、そんな組織との接点などあるはずもなかった。だが都内で発生した一つの殺人事件が俺と安西さんを繋げた。ガイシャはまだ若い女の子でな。被疑者の男は逃走を続け、俺たちは半年以上の捜査の末にそいつの潜伏場所を見つけた。そして残るは現場へ踏み込み、奴を逮捕するだけの段取りとなった。しかし、令状が下りることはなかった。それどころか捜査は打ち切りとなったんだ。その被疑者を捕まえてはならない、それが上からの命令だった。俺はどうしても納得がいかず、帳場が解散した後も一人で何日も現場の張り込みを続けた。だが、その被疑者を監視していたのは俺だけではなかった」

「……それが、父だった」

「ああ。俺が追っていた被疑者は麻取が捜査していた組織の主要人物の一人だったんだ。しかもそいつは薬の販売を一任されていた。本部の捜査が打ち切られた理由は、厚労省からの要請が原因だったんだろう。安西さんは大口の購入者を装い彼らとの接触を試みながら、その幹部を泳がせていたんだ。コントロールド・デリバリーは麻取が最も得意とする捜査手法だからな。

安西さんは張り込みをやめない俺に、その男から手を引くようにと何度も忠告をしてきた。しかし俺は安西さんの忠告を無視し、令状もないままその男を逮捕してしまった。その結果、本部はその男を送検せざるを得なくなり事件は終了となった」

園内に月明かりが戻った。

月に纏わりついていた雲は姿を消し、その照度は輝きを増していた。

「俺は俺の仕事をしたままでだと思っていた。そもそも警察と麻取は別々の組織なんだ。しかも俺は刑事だ。殺された女の子の遺族の気持ちを考えてみろ。そこに犯人がいるのに捕まえることさえできないなんて、お前には耐えられるか！」

瀬乃の頬に一筋の光が落ちた。

それ以上の言葉はいらなかった。京香は全てを把握した。父がほとんど家に帰らなかった理由も、子供に自らの職業を明かさなかった理由も、そして家族で出かけることがなかった理由も、瀬乃の話は京香がこれまで記憶の中でしか描けなかった父の実像を補完した。そして父があの日、京香を水族館へ誘った理由さえも。

瀬乃がカルト教団の主要人物を逮捕したことで、当然父もその捜査から手を引かざるを得ない状況になった。一方の教団は購入者を装っていたはずの父と警察の接点に気づき、父の素性を探るために尾行を始めた。そして父も、教団から自分の命が狙われている可能性があることに気付いていたはずだ。

京香は短冊を握りしめた。

だからこそ、父は京香を水族館に誘ったのだ。もう一度水族館へ行きたいという幼い京香の願いを叶えるために。

池には滲んだ月が浮かんでいた。京香は父と並んで座った浜辺を思い出した。

あの夜、父は尾行されていたのだ。待ち合わせ場所が水族館だったのは、父が教団の尾行を用心していたからだろう。京香はあの日から一三年が経った今になって、ようやくその理由を知った。そして父は水族館を出てすぐに京香と別れるつもりだった。だがあまりにも月が綺麗だったために、京香が浜辺へと父を誘った。それが結果として、父の素性に繋がる手掛かりを彼らに与えることになった。娘の存在を彼らに知られたのだ。しかもあの時、京香は高校の制服を着ていた。

そして近づいて来た男はわざわざ京香に対して第一声を放った。あの時の凍りついたような父の表情は今も京香の脳裏に鮮明に焼き付いている。父は娘を人質に取られたも同然の気持ちだったはずだ。そして父はあの男に自分の命を差し出すことで、京香とそして家族を守った。それがあの浜辺で起きたことの真相だったのだ。

京香はなぜ瀬乃が短冊を持っていたのかという問いも同時に解した。瀬乃は父からあるメッセージを受け取ったのだ。それが京香が書いた短冊である。父は自らの死に場所として大崎署の管区を選ぶことでそれを瀬乃に見つけさせ、残された家族の安全を彼に託したのだ。それが、瀬乃があれほどまでに京香の家族を世話していた理由だった。だからこそ瀬乃は京香を大崎署から遠ざけようとしていたのだ。いや、瀬乃は京香をその組織から遠ざけようとしていたのだ。

京香は短冊をそっと胸に押し当てた。

瀬乃は水面に滲む月をじっと眺めていた。彼は一三年間、罪悪感を抱えながら生きてきたのだ。

京香はベンチから立ち上がり、瀬乃の隣に並んだ。

池に浮かぶ月は、ビルに反射した月が映し出されたものだった。

第6章　二つのペンダントトップ

翌週の非番の午後、安西京香は久しぶりに実家に帰っていた。

京香の実家は、東京メトロ日比谷線と東急東横線が乗り入れる中目黒駅と、東急目黒線が乗り入れる不動前駅の中間あたりに位置する油面《あぶらめん》公園に面した場所にあった。

油面は目黒区の中町《なかちょう》を中心とした一帯の旧地名である。江戸時代中期からこの辺り一帯では菜種の栽培が盛んであったため、その菜種油を納める代わりに租税を免ぜられていたことからその名が地名となったと伝えられている。

小さな公園に隣接したような実家は、一階が駐車場になっている三階建ての細長い一軒家だった。しかし安西家は車を持っていなかったため、そこに車が停まっているところを京香は一度も見たことがない。

家は持ち家ではなく借家だった。安西家は京香が幼い頃から、この辺りを中心に転々と引っ越しを繰り返していた。あまりにも頻繁だったため引っ越しというよりも家を取り替えていた、といった方が京香にはしっくりくる。付近の団地やマンションに住んだ時期もあったが、父が亡くなってからはこの家のままだった。

しかし今となっては、安西家がこの辺りを中心に引っ越しを続けていた事情も理解することができた。中目黒には関東信越厚生局麻薬取締部があったからだ。庁舎は数年前に移転し現在は跡地となっているが、父は勤務先から近い場所に住居を置くことで家族の安全を守ろうとしていたのだ。京香が借家だと思っていた家は麻薬取締部の官舎だったのだ。

京香は二階のリビングに配置されたテーブルで母と向かい合い、出前で取った寿司を食べていた。

二階には部屋が一つしかないため広々とした空間が広がっている。また公園側に設置された大きな窓から陽射しが入るため、リビングには程よい開放感もあった。

気づけば、テーブルの上に置かれた寿司桶はほとんどが空になっている。結局、二人は無言のままで昼食を終えようとしていた。会話が弾まないのも当然である。京香は家を出てから母と会話らしい会話をしてこなかったのだ。

京香は気まずい状況を飲み込むように、最後の寿司を口の中に詰め込んだ。

母は品の良い白いブラウスに薄手のカーディガンを羽織っていた。嫌味のない化粧を施し、縁の細い上品な眼鏡をかけ、そのまま出かけてもおかしくない装いである。そろそろ還暦を迎えようという歳ではあるが、髪もきちんと手入れしているようで白髪も見えないため、四〇代と紹介しても疑う人はいないだろう。京香はあらためて母の身形《みなり》に感心した。しかし考えてみれば母はいつもそうだった。どんな時でも人前に出られるように、常に準備を整えているような人だった。

一方の京香は七分丈のジーンズに半袖のカットソーというラフな服装をしていた。非番とは言え、八月の暑さもいよいよピークとなったことを言い訳に、まるで学生のような出立ちのままマンションを出たのだった。いつになくカジュアルな服装のせいか、親を前に子供に戻ってしまったせいかは分からないが、普段から意識して伸ばしているはずの背筋も母の前ではだらしなく曲がっていた。京香は自分の鞄の中に警察手帳が入っていることを思い出し、姿勢を正した。

母が二人分の寿司桶をキッチンに片付け、家庭用のサーバーでコーヒーを淹れた。部屋中に香ばしい匂いが漂った。

京香は差し出されたコーヒーをブラックのまま一口飲んだ。部屋はエアコンで冷え切っていたため、その温かさが心地よく体に染み入った。

「最近はこのまま飲むと胃が痛くなってしまうの」と母は小さなミルクピッチャーを傾けながら言い、カップを唇に引き寄せた。

京香は鞄の中から短冊を取り出し、テーブルの上にそっと置いた。

母は眼鏡を額にずらし、不思議そうにそれを見つめた。やはり短冊のことは知らなかったようだ。

京香は瀬乃から聞いた父の話を、母に伝えた。そして京香が小学生の時、父のジャケットにその短冊を忍ばせたことも打ち明けた。

京香は胸の痞《つか》えを押し出すように続けた。

「あの日、お父さんが私を水族館に誘ったのは、私の願いを叶えるためだったの。でもそのせいで、お父さんを危険な目に遭わせてしまった。あの日私がお父さんを浜辺へ誘っていなければ……ううん、小学生の時にこんな悪戯をしていなければお父さんは」

今さら謝って済む話ではない。だが母には直接会って話すべきだと思い、京香は実家へ帰って来たのだが、うまく伝えることができたかは分からなかった。

先ほどまで揺らいでいたカップの中の黒い水面はぴたりと静止していた。

「そう」

京香は母の素っ気ない一言に思わず拍子抜けした。

「何年も顔を出さなかったあんたが急に帰って来るなんて言うから、それ相応の話があるんじゃないかと覚悟はしていたわ。さすがに短冊の話は知らなかったけど」

母は感情を乱すことなくコーヒーを一口飲んで続けた。

「お父さんの仕事のことはね、私は隠す必要はないと思ってた。だからお父さんにも、子供にはきちんと話しておいたほうがいいんじゃないかと相談してたの。せめて子供たちには、お父さんは悪い人を捕まえる正義の味方なんだって教えてあげたかったから。でもお父さんは反対してた。もし学校やご近所で妙な噂が広がれば、家族に危険が及ぶ可能性があるって。栞里はまだ小さかったから心配はなかったけど、特に京香には隠しておくようにと口すっぱく言われたわ。あなたはお父さんと同じで、どんなことでもとことん追求しないと気が済まない性格だったから」

それについては返す言葉がなかった。

「お父さんはもし自分の身に何かあったとしても、娘たちには決して言わないようにとも言っていた」

父の仕事を知った今ならその理由は深く理解できた。同じ司法警察職員でも、麻薬取締官はその捜査手法が特殊なため、仕事に対する考え方も警察とは違うのだ。

「だからお父さんが自殺ではないことくらいすぐに分かった。それに当時この家には警察だけでなく、多くの麻薬取締官も出入りしていたから。でも彼らは皆、お父さんは自殺をしたという前提で私に接してきた。納得がいかなかった私は、彼らに散々詰め寄ったわ。結局、彼らがそれを覆すことはなかったけどね。おかしな話でしょう？　正義を全うしていたはずの夫が、ある日突然遺体になって帰ってきたのよ。それなのに、他殺の可能性を口にする者はいないなんて」と母は感情を鎮めるように息を吐いて続けた。「でもね、警察の中に一人だけいたの。私の言葉に耳を傾けてくれた人が」

「それが、瀬乃さんだった」と京香は言った。

母は頷いて言った。「ただ、瀬乃さんは父を死に追い詰めたのは危険な連中だとしか教えてはくれなかった。だから決して探そうとしたり、近づこうとしないで欲しいと言われた。それが残された家族を守る唯一の手段だからと。その代わり、彼は自分が必ずそいつらを捕まえてみせると約束してくれた。だから私は待つことにした。警察が犯人を捕まえてくれることを」

母の表情はこれまで京香が見たことのないほど力強かった。

「きっとお父さんも同じことを言うはず。私はそう自分に言い聞かせ、瀬乃さんからの連絡を待つことにした。あれからもう一三年も経ってしまったけどね。私にとってはそれが残された家族を守る唯一の手段だった。ただひたすらこの場所で堪えることが。ご近所から職業不詳の夫に先立たれた妻と囁かれても、娘まで自殺したと後ろ指さされても、ずっと耐えてきた。そうやって今も犯人が捕まったという瀬乃さんからの連絡を待ち続けてる。それが私にできる唯一の戦いだから」

母の小さな手がテーブルの上で固く握られていた。

「だから私はお父さんの仕事から、いえ、お父さんからあなたたちを遠ざけることにした。でも当時すでに高校生だったあなたが、あの状況で父親が自殺だったと聞かされてそれを素直に信じるはずがなかった」

もう、お父さんには近づかないで……。

京香の脳裏に焼き付いていた言葉が蘇った。そして同時に、その言葉の真意を諒解《りょうかい》した。

「でも結局、あなたは誰に相談することもなく警察に入ることを決めた。お父さんが亡くなった真相を追うためだったのでしょう」

「ごめんなさい」

その言葉以外に何も見つからなかった。だが、京香が入庁を決意した理由は母が考えているような美談ではない。実際は瀬乃への淡い憧れだった。しかし時に、親子という関係を続けるためには正す必要のない事実もあるのだと京香は悟った。

「謝る必要なんてない。私は自分の道を信じて進んだあなたが誇らしいと思ってるんだから。私はこれでも麻薬取締官の妻よ。覚悟ができてなきゃ、あの人と結婚なんかしてないわ。私は私の戦い方で正義を貫いてきた。だから、あなたはあなたのやり方で正義を貫けばいい。お父さんはきっと反対すると思うけどね」

母は京香を見つめ、力強く微笑んでみせた。

その表情は京香が知るどんな刑事よりも悠然としていた。母はずっと戦っていたのだ。父に先立たれてからも、二人の子供を抱えながら一人で立派に戦ってきたのだ。家族を危険から遠ざけるために、麻薬取締官の妻として気丈に生きてきたのだ。京香はこれまで、そんな母の気持ちなど考えたこともなかった。

母と距離をおいたのは、むしろ京香のほうだった。高校を卒業してすぐに家を出ることを決めたのも、母と離れたかったからだ。そして家族と離れたかったからだ。京香は家族揃って楽しそうに出かけたり食事をする友人たちが羨ましかった。だからこの家の家族のあり方も、父の死に方も、母の振る舞いも、京香の目には異常な家族として映っていた。京香は現実から逃げ出そうとしていただけだった。そして病気で苦しんでいた栞里とも、仕事を盾にして距離を保っていたのだ。

京香は海底に沈めたはずの悔恨の念を引き上げるように打ち明けた。

「私、栞里が自殺したって聞いた時、どうしてもそれを受け入れることができなかった。栞里はきっと何かの事件に巻き込まれたに違いないって、そう思い込んでた。頭では分かってたのかもしれない。でもどうしても受け入れられなかった。そうやって自分で自分を騙してた。本当に大切なことから目を背けてた……」

母は京香を包み込むように黙って聞いていた。

「でもね。そうじゃないんだね。栞里は病気だったんだね。栞里は寂しかったんだね。入庁してから私は仕事の忙しさを理由に、栞里とちゃんと向き合おうとしなかった。今さらそんなこと言っても遅いけど、せめて私がもっと栞里の相談にのってあげていれば……お父さんからの愛情を私が独り占めしてしまったのに、なんでそれくらいのことができなかったんだろう……」

京香は言葉を詰まらせた。

「待ってて」と母はゆっくり立ち上がると、リビングに置かれた収納家具の中から何かを持って戻って来た。

京香は涙で滲む目を擦《こす》り、短冊の隣に差し出されたそれを覗き込んだ。

長細い透明のビニールの包装の中には、見覚えのある物が入っていた。

「……これって」

京香は自分が着けていたネックレスを外し、テーブルの上に置いた。

透明の包装に入っていたのは、京香が持っているくらげのペンダントトップのネックレスだった。

「どういうこと？」と京香は思わず母の顔を見つめた。

母はゆっくりと頷いて包装の中を指差した。

ネックレスの台紙には、ボールペンで『栞里へ』と書かれていた。

京香は悟った。父はあの日、水族館で京香に買ったペンダントを栞里にも買っていたのだ。

母はそのペンダントは父が亡くなった時に上着の中に入っていた物だと説明した。後日、母はそれを父の形見として栞里に渡そうとしたところ、彼女が同じ物を持っていたため箪笥にしまった。そして時が流れ、中学生になった栞里が箪笥の中から偶然それを見つけ出した。母の話を聞いた栞里は京香に気を使い、それを母との秘密にしようと言ったのだそうだ。

母は続けた。「お父さんはね、京香が思っているよりずっと、栞里のことを愛していた。栞里にもちゃんとそれは伝わっていたはずよ。だからあなたがお父さんのことで栞里に罪悪感を抱える必要なんてない。栞里はたくさんお父さんに愛されていたんだから」

母の涙がテーブルを何度も濡らしていた。それは京香が初めて見る母の涙だった。

部屋の中には西陽が差し込んでいた。その光は、短冊と二つのペンダントトップを優しく包み込んでいるようだった。

目を開けると見覚えのある天井が視界に広がった。点と線のエンボスがランダムに配列されているようで、じっと見つめていると幾何学模様にも見えてくる不思議なデザインだ。

そこは、栞里が使っていた部屋だった。栞里が亡くなってからはそのままにしてあるようだ。この部屋はもとは京香が使っていたのだが、高校を卒業してすぐに入庁したため栞里に譲ったのだ。

実家には二階のリビングダイニングを除いて三つの部屋があるが、父と母は別々の部屋を使用していたため子供の部屋が一つ足りなかった。京香が高校を卒業すると同時に家を出ることを決めたのは、栞里に部屋を譲りたいという理由もあった。

暗い部屋に公園の街灯の光が差し込んでいた。

京香はベッドに横たわったまま、スマートフォンで時間を確認した。時刻は午前一時を過ぎようとしていた。夢さえも見ない、久しぶりの深い睡眠だった。最近は特に睡眠がとれていなかったため、京香は頭の中にあった重石《おもし》が取れたような心地よさを味わっていた。寝そべったままスマートフォンのロックを解除すると、画面には荻堂からのメッセージが表示された。

『例の件、まだ動きはありません。引き続き調べてみます』

荻堂には自殺した新崎芽衣奈のハードディスクからセリーヌへと繋がる情報を探してもらっているのだが、未だ何の手掛かりも見つかっていない状況が続いている。このところ、荻堂からは毎日同じメッセージが送られて来るようになっていた。文章をコピーペーストしているところに、彼の疲れが窺える。ただでさえ忙しい生活安全課の仕事に加え、職務外のことをやらせているのだ。しかも京香は捜査第一課への出向の返事を保留にしていることもあり、大崎署の中での立場はいっそう不安定になっていた。荻堂に文句を言える立場ではないことは重々承知しているつもりである。

『忙しい中ありがとう。引き続きよろしくね』

京香はスマートフォンに返信を打ち込み、最後にハートマークを添えてメッセージを送信した。

京香は枕もとに置いていた二つのネックレスを天井に翳《かざ》した。小さなステンドグラスできたそのペンダントトップは、街灯の光を受けて美しく輝いていた。どちらが自分のペンダントトップだったのかさえ分からなかった。自分が着けていたペンダントトップは、京香が栞里にプレゼントしたものであり、栞里の形見でもある。だが、父は同じペンダントトップを栞里にも用意していた。そう考えれば、京香が着けていたペンダントトップはやはり京香の物なのだろう。見た目は同じでも、二つのペンダントトップには異なる意味が含まれているのだ。

セリーヌという言葉もそれと同じだった。京香が知っていたセリーヌは、一年半前に京香と荻堂が解決に導いた事案にほかならなかった。社会に深い失望を抱きながら生きていた一人の大学生が、セリーヌという名を使い薬を配布したのである。だが、セリーヌという言葉には異なる意味があった。それは一三年前に父が追っていた薬の売人を探すためのキーワードだったのだ。そして時が流れ、その言葉は死神と呼ばれる都市伝説に変わっていった。つまりセリーヌは一つではなく別々の物として、いや別々の人物として認識しなければならなかったのだ。

京香は両手に掲げた二つのペンダントトップを、ゆっくりと近づけていった。街灯の光を吸収して複雑な色を作り出す二つの小さなステンドグラスが重なると、それらは一つの光として輝き始めた。

京香はその眩しさに思わず手を離した。

だがその光は青白い光を放ったまま宙に浮かんでいた。

京香は目を細め、網膜がその光に順応するまでじっと待った。

やがて光の輪郭が現れ、そのディテールに焦点を合わせることができるようになった。

光の正体はくらげだった。

京香の体は満月のようなその光に吸い込まれるように軽くなっていった。

「くらげになれたらいいのに」

京香は心の底からそう思った。

そんな言葉に反応するように、宙に浮いていた一つの光が分裂を始めた。

同時に部屋の壁は消え、どこまでも続く紺碧の世界が現れた。

幾つものくらげたちが、月の引力に引き寄せられるように紺碧の世界を浮上していった。

まるで深海に幾つもの満月が浮かんでいるようだった。

その光のどれもが、雪原で見つけた小さな焚火のように暖かかった。

人の温もりのような暖かさに身を委ねていると、京香の体はゆっくりと浮上していった。

京香も彼らと同じように、月の引力をはっきりと感じることができたのだ。

そして自分の存在を祝福してくれるようなその光に、どこか懐かしさを感じていた。

私はこの世界に来たことがある……。

京香は思い出した。そこは、父と行った水族館のくらげの展示室だった。京香は闇の中に棲む光の精霊のような彼らに心を奪われ、そのガラスの前から離れることができなかったのだ。暫く見つめていると、彼らには色や形以外にも個性があることが分かるようになった。

やがて京香は彼らの顔まで判別することができるようになった。もちろん彼らは顔など持っていない。だが京香にはそれが認識できるような気がしたのだ。

京香は水族館とリンクした紺碧の世界を、あらためて見渡した。様々な色や形をした暖かい光が、月の引力を享受するように漂っている。やがて一桶のくらげが京香に近づいてきた。それは彗星のような長い尾を持った光だった。だがその光には、ほかのくらげが持つ暖かさはなかった。よく見るとそれはくらげではなかった。人魚のようにも見えるが、もっと歪な形をしている。光が近づくにつれ、徐々にその輪郭が具体化されていった。その光には顔があるようだった。京香は目を擦りその顔を確認した。しかし先ほどまで顔として認識できていたはずのそれは、京香の目の前で水流に舞う粒子のように消えていった。

刹那、京香は体が落ちていくような感覚に襲われた。

部屋いっぱいに満たされていたはずの水は、月の引力に見放されたように消えていた。一緒に泳いでいたくらげたちも、京香を包み込んでいた温もりも消えていた。京香の目の前には、二つのペンダントトップがぶら下がっているだけだった。

幻覚だったのだろうか。

だが、冷たい光が作り出したその顔を思い出すことはできなかった。

京香は幾何学模様の天井を見つめた。ランダムに配置された点と線のエンボスが、天井に文字を浮かべるように動き出した。

京香はそれを一文字ずつ声に出して読んでみた。

「自分では気付いてないもう一人の自分、もしくは認めたくないもう一人の自分……」

それは翔が教えてくれた夢の話だった。

京香はようやく理解した。夢の最後に出てくる顔のない誰か。それは、自らの病気を受け入れることができない自分だったのだ。

栞里の自殺の真相が知りたい。京香はその一心で一年もの孤独な休職期間に耐え、大崎署に復帰したはずだった。だがそれは、都合の良い言い訳でしかなかった。京香はずっと自分を偽っていたのだ。妹の死が一連の服薬自殺とは関係ないことなど、初めから分かっていたことだった。京香は栞里が心の病に苦しんでいたにもかかわらず、その事実から目を背け続けた。夜更けに助けを求めるような電話がかかってくることもあった。泣きながら電話をしてきたことも一度ではない。だが京香はそんな妹からの電話でさえ、仕事の忙しさを理由に素っ気なく対応した。栞里の存在を鬱陶しく感じたことさえあった。

それだけではない。京香は栞里が死んでさえなお、彼女の苦しみを理解しようとはしなかった。あろうことか京香は、それを復職するための利己的な動機として利用したのだ。もし栞里の病気を認めてしまえば、京香は自分の病気さえ認めることになってしまうと思ったからだ。それ故に警察病院で軽度の鬱症状と診断された時、咄嗟に自分を庇ったのだ。そして、妹の死に事件性を持たせることで京香は現実から目を逸らした。自分が鬱であると認めることが恐ろしかったのだ。

だがそう考えなければ自分を見失ってしまいそうだった。京香はこの世界の中でしか生きることができないのだ。警察という組織の中でしか自分の価値を見出すことができない人間なのだ。新崎芽衣奈の自殺現場に臨場した時もそうだった。熱く燃え滾《たぎ》る血が全身を駆け巡り、京香は昂ぶりを覚えた。そして捜査第一課への出向を聞かされた時も、抗うことのできない興奮が京香を包み込んだ。京香はそこでしか自分の価値を認識することができないのだ。警察という組織こそが、京香が生きることを許された唯一の場所なのだ。

京香は押し出すように息を吐いた。自分でも分かるほどの熱い息だった。

ベッドから起き上がり部屋の電気を点けると、きちんと片付けられた可愛らしい空間が視界に広がった。

六畳ほどの部屋ではあるが、大きめの窓からは油面公園の緑が覗けるため窮屈さは感じない。ベッドの隣にある勉強机の隣には、小さなラックが本棚代わりに配置されている。先程は気づかなかったが、ラックの真ん中の段には写真立てが一つ飾られていた。京香は妙に新鮮な気持ちになった。そもそも安西家には写真というものがなかったからだ。京香は父の写真はおろか、母の写真さえ見た記憶はなかった。また栞里とは年が離れていたため、二人で写真を撮った記憶もない。京香は幼い頃から、安西家は写真とは縁のない家族だと思い込んでいたのだ。

京香はそっと手を伸ばし、写真立てをラックから取り出した。やや色褪せた写真の中には京香と栞里、そして母が写っていた。初めて見る写真だった。しかし随分と昔に撮影されたようだ。リビングのような部屋で、高校の制服を着た京香の膝上に幼い栞里が座っている。二人は電源が消えた大型テレビの前で楽しそうに笑っており、その両脇には山積みになった段ボールが置かれていた。段ボールの少し後ろにはエプロン姿の母が座っている。京香は写真の中で恥ずかしそうに笑う母を見つめた。今の自分に少し似ているような気がした。

写真をよく見ると、テレビの画面にはカメラを持つ誰かの人影が映り込んでいた。京香はその人影を見て思い出した。それはこの家に引っ越す準備をしていた時に写されたものだった。父が撮影した写真だったのだ。その日、珍しく父がカメラを持って家に帰って来たため、京香たちは父にせがんで写真を撮らせたのだ。

京香は目を細め写真に顔を近づけた。黒いテレビ画面に浮かぶ父の表情はほとんど見えないが、口元は笑っているように見えた。どこにでもいそうな家族が、楽しそうに一枚の写真の中に納まっていた。どこにでもあるような小さな幸せが、安西家にもあったのだ。京香はそんな家族が誇らしかった。初めてそう思うことができた。

栞里はあの日のことを憶えていたのだろう。そして家族が揃った写真はこの一枚しかないことも。栞里は人の気持ちを敏感に察する心優しい子だった。京香とは違い、自分の気持ちを胸に押し込めてしまう性格だった。栞里はそんな家族の事情を察し、このたった一枚の家族写真を大切に飾っていたのだ。京香は胸が苦しくなり、写真立てをそっとラックに戻した。

勉強机に目を移すと、教材の下に置かれたノートに目が留まった。ノートからは赤い下敷きがはみ出していた。京香は下敷きをノートから少し引き出した。そこにはアイドルグループのアリスエイジのライブ風景の写真がプリントされていた。その中央には三笠ほのかではなく、別のメンバーが写っていた。京香は注意深く部屋の中を見渡した。ゆっくりと視線を下ろすと、机の脚の横に置かれた高校の鞄が目に入った。鞄には下敷きと同じメンバーの缶バッジが一つ付けられていた。栞里は三笠ほのかのファンではなかったようだ。

京香は救われたような思いを吐息に変え、写真の中の栞里に呟いた。

「職業病よね、私」

ふと写真立ての奥に並べられた書籍に目を奪われた。

そこには一冊だけ背の高い本があった。

京香はその本に顔を近づけた。

それは栞里が通っていた中学校の卒業アルバムだった。

京香は埃が付いたそれをゆっくりと引き出し、机の上に置いた。

栞里のクラスの個人写真ページを開くと、栞里はすぐに見つかった。安西はア行のため見つけやすいのだ。

栞里は写真立ての中で笑う少女がそのまま大きくなったような可愛らしい表情をしていた。

続いて京香は指先で辿るように一人一人の写真を確認していった。

だが、芽衣葉はそのページには載っていなかった。

そこに載っていたのは自殺した新崎芽衣奈だった。


翌週の午後、京香は五反田駅前にあるコーヒーチェーン店の二階の窓際席に座り、ある人物を待っていた。

二階は全て客席になっているため店内は広々としていた。中央には大きなラーニングテーブルが置かれ、それを挟むように左右に客席が用意されている。そして京香が座っているのと反対側の席の奥には、ガラスの壁で仕切られた喫煙席があった。

京香は窓の外に目を落とし、昼過ぎにもかかわらず終電が去った後のような五反田駅を眺めていた。駅前のロータリーも、ロータリーを跨ぐ歩道橋も、駅舎へと続く歩道も、その全てが閑散としていた。それも当然である。世間は盆休みなのだ。京香は座ったまま背筋を伸ばし、桜田通りに面した五反田駅前交番を覗いてみた。だが交番に大崎署の地域課員の姿は見えなかった。巡回に出ているか、暑さに参って交番の中に入っているのだろう。せめて盆休みくらい一息つかせて欲しいというのが警察官の本音なのだ。

ちなみに警察職員に盆休みはない。代わりに該当期間中に有給休暇を交代で取ることができる制度はある。しかしそれは特別な事件や事故がなければという前提があっての話だ。さらにこの時期は、要人の訪日やイベントなどによる大規模な警備が重なることが多い。そのため、職員たちは機を窺いながら遠慮がちに休暇を取るしかないのが実情である。警察で働く職員にとっては、夏休みに海外旅行へ行くなど夢のような話なのだ。

京香はひっそりとした五反田駅を見つめながら、芽衣葉に渡されたパスワードの意味を考えていた。

芽衣葉は妹の自殺を受け入れられず、そこにセリーヌが関係していると考え、新崎芽衣奈のハードディスクのパスワードを京香に差し出した。しかし彼女の言うセリーヌには、京香が知るセリーヌとは異なる意味があった。それは、会うだけで安らかな死を手に入れることができるという死神である。

だが荻堂の努力も虚《むな》しく、そのハードディスクからは未だ有用な情報は見つかっていない。京香はそこに妙な違和感を抱いていた。確かに荻堂はパソコンの専門家ではない。だが彼は、不正アクセスやハッキング事件といったネット犯罪を扱う生活安全課の中でも頼りにされている存在だった。その荻堂がセキュリティをクリアした状態のハードディスクから、何一つ手掛かりを見つけられていないのだ。これだけの時間をかけて何も見つからないことを鑑みれば、そのハードディスクには死神に繋がる情報は入っていないと判断するほうがむしろ自然でさえある。つまり芽衣葉は何も出てこないと分かっていながら、京香にそのパスワードを差し出した可能性があるということだ。

飛躍しすぎた考えかもしれない。そして京香は芽衣葉の言葉を疑っている訳でもなかった。だがそれが事実であれば、彼女はなぜ何も入っていないハードディスクの情報を京香に差し出したのか。京香はその理由をずっと考えていた。そして、その答えは意外なところから見つかった。栞里の卒業アルバムである。

人の気配を感じ店内に視線を戻すと、京香の前に一人の少女が立っていた。

夏の陽射しが照りつけるロータリーを長い時間見つめていたせいで、アスファルトの残像が京香の視力を鈍らせていた。目が徐々に回復していくと、京香はようやくその少女の実像を認識することができた。

芽衣葉は丈が短めの白いTシャツに、ジップアップ式の淡いピンク色のパーカーを羽織り、ひざ下までのピタリとしたパンツを合わせた高校生らしいファッションをしていた。

一方の京香はベージュのセットアップスーツという服装だった。ジャケットの下には無地のTシャツを合わせている。普段の京香にしてはかなりカジュアルな服装と言えるだろう。京香は今朝宿直が明けたばかりではあったが、芽衣葉に威圧感を与えない服装を選ぶために一度自宅へ帰り、着替えてから来たのだ。ただ、ベージュのセットアップは夏物ではないため見るからに暑苦しかった。

芽衣葉は一階で購入したアイスティーをテーブルの上に置くと、周囲を確認しながら椅子に座った。

「ご馳走しようと思っていたのに」と京香は言った。

「いえ、大丈夫です。それに私、ほんとは甘いのが苦手なんです」と芽衣葉はアイスティーを口に含んだ。

「ご家族の様子は？」

京香は芽衣葉の言葉を理解するように、ゆっくりと頷いた。

「父は今新しい仕事を探してるのでずっと家にいます。母も毎日キッチンでぼうっとしています。私もモデルの仕事は辞めたので、今は受験勉強くらいしかやることがなくて。でも家にはいたくないので、日中は外で勉強することにしています」と芽衣葉は嫋《たお》やかな肩を丸めた。

「そう……」と京香は息を吐いた。

「一つ、聞いてもいいですか？」と芽衣葉は京香の目を窺うように続けた。「京香さんは、私が最近毎日このお店で勉強しているのを知っていて、それでこの場所を今日の待ち合わせに指定したのですか」

「そうだったの……それは知らなかったわ。もし他のお店がよければ移っても構わないけど」

京香は鞄とアイスコーヒーを持って腰を上げた。

「いえ。こちらで大丈夫です。京香さんに連絡をもらった時から、覚悟はできてましたから」

「そう。ありがとう」と京香は腰を下ろした。

京香はあらためて二階席を見渡したが、二割程度の席しか埋まっていなかった。静寂が似合わない空間だった。

芽衣葉はアイスティーのグラスに付着した水滴を紙ナプキンで拭き取ると、ストローの先に唇を付けた。

京香はアイスティーを口に含む芽衣葉を見て意を決した。

「私ね、あの日からずっと考えていたの。どうしてあなたが、私に会いに来たんだろうって」

「やっぱりもう、気付いてるんですね」と芽衣葉は言い、力なく肩を落として続けた。「本当は私、最初にお会いした時に全てを話そうと思っていたんです。でも……できませんでした」

京香は静かに微笑んでみせた。

芽衣葉は京香の表情を確認すると、許しを得たようにゆっくりと話を始めた。それは、目の前に座る少女の素性に関する話である。ほくろを化粧で隠してはいるが、その少女は新崎芽衣奈なのだ。

「あれは高校に入学する少し前の話です。姉と二人で原宿で買い物をしている時に、とある芸能事務所の人にスカウトされました。半信半疑ではありましたが、私たちはそのスカウトマンの話を夢中になって聞いていました。でも話を聞いているうちに、そのスカウトマンの視線は姉だけに向けられるようになっていきました。なぜか分かりますよね。そのスカウトマンは初めから私ではなく、姉に話をしていたのです。

あの時、私はあらためて思い知らされました。ほくろのある私は姉のおまけなんだと。そうやって私は幼い頃から、明るくて愛嬌があって完璧な容姿を持つ姉に嫉妬しながら生きてきました……その気持ちは、姉を亡くした今も変わっていません」

少女は積年の苦悩を吐き出すようにテーブルの上に拳を載せた。

京香はそれがどんな話であろうと、彼女の全てを受け入れる心積りでこの場所へ来ていた。

「京香さんは知ってますか？　ある経済学者の話によれば、美人とブスにおける生涯の年収差は三〇〇〇万円以上もあるそうです。さらには、美人は良い伴侶を見つけ豊かで幸福な人生を送り、ブスは貧しい人生を送るということが統計で証明されているのです。つまりこの社会は、みんなが幸せになれるようにはデザインされていないということです。不愉快な話だと思いませんか？　この社会は生まれながらにリスクを抱えて生きている人のことなど、気にもかけていないんです。あのスカウトマンと同じように」

少女は拳をテーブルから下げて続けた。

「でもある日、完璧であるはずの姉の様子がおかしくなりました。あんなに明るくて社交的だった姉が突然、自分の部屋に籠るようになったのです。家族で食事をしている時に突然泣き出したりすることもありました。そうかと思えば、急に笑い出すこともありました。姉はやがて友人や家族とも距離をとるようになり、遂には学校にも行かない日が続くようになってしまいました。

　私はそんな姉が心配になり、夜中に姉の部屋へ行って問い質しました。すると姉は、ある薬のことを打ち明けました。それは、飲むだけで眠るように死ぬことができる薬だと言うのです。姉はこの店で、多分この席で、セリーヌと名乗る人物からその薬をもらったと言ってました。それが今から一年半ほど前のことです」

　少女は自分が座る席の周囲だけを確認するように視線を動かした。

　店内は相変わらず静けさに包まれていた。

「私は驚きました。いつも明るくて完璧だった姉が、自分よりも深い苦しみを抱えているなんて想像もしていなかったからです。むしろ薬のことなんて、私は全く信じてはいませんでした……。

　そこで私は、姉にある提案を持ちかけました。いつでも死ねるんだったら、もうちょっと頑張ってみないかと言ったのです。姉は数日間考えてから、私の提案を受け入れてくれました。その時の姉の目は今でも忘れられないほど輝いていました。それでも私は、精神的に不安定になっていた姉が心配でした。だからその薬は、私の部屋で保管することにしたのです。そしてそれ以来、その薬の存在は私たち二人だけの秘密となりました。

　その効果はあっという間に表れました。その薬の存在そのものが持つ効力とでも言うのでしょうか、姉はすっかりもと通りの性格に戻ったんです。そんな姉の姿を見るうちに、その薬に対する私の考えも変わっていきました。これは本当に死ぬことができる薬なんだと、私も信じるようになったのです。

そしてそれはいつしか、私にとっても生きる希望となっていきました。いつでも死ぬことができるという力を手にした私は、これまでの自分が信じられないほど毎日が充実し始めました。私も姉のように社交的になることができたのです。そんな充実した日々が一年以上も続きました。そうやって私は、その薬に依存するようになっていったのです。そして、本当にその薬が必要なのは完璧な姉ではなく、欠陥を抱えた自分のほうだと思うようになっていきました。

しかし薬はたった一つしかありません。その事実が、私を深く悩ませました。この世界は死さえ平等ではなかったのです。だから私は、その薬を姉よりも先に飲むことを考えるようになりました。恐らく姉も、同じことを考えていたと思います。私はそんな姉を鬱陶しく感じたことさえありました」

少女は言葉を詰まらせた。

京香は彼女の言葉をじっと待った。

「そんな矢先のことでした。姉が私の部屋でその薬を飲んだのです。私は自分の部屋で姉が死んでいる姿を見てパニックに陥りました。そして咄嗟に思ったのです。死ぬべきは欠陥のある自分だったはずなのに、と。

正直、自分でもなぜあんなことをしたのかは分かりません。もしかすると私は、姉に大切な物を奪われたと思ったのかもしれません。あれは私が持つべき薬であり、この不平等な世の中を生き抜くための唯一の希望だとさえ考えていましたから。そして気づいた時には……」

少女は口を閉じ、涙を堪えるように唇を噛み締めていた。

たった一錠で死ぬことができる薬。その薬を手にした者は、安らかな死を手に入れた喜びと同時に、その薬自体に強い執着を抱くようになる。そして所有する期間が長ければ長いほどその執着は強まり、やがては所有者の心の奥底まで蝕《むしば》んでいく。人はそれを手に入れた瞬間から、いつでも死ぬことができるという思想に支配され続けるのだ。

彼女の精神はすでにその薬が持つ魔力に取り憑かれていた。しかも二人で一つの薬を一年以上もの間所有していたのだ。その薬を独り占めしたいと思うようになることは時間の問題だったはずだ。そして姉のほうが先にその薬を使用した。自分の部屋で姉の死体を見つけた新崎芽衣奈はパニックに陥り、咄嗟にその事実を隠そうと姉の頬を削った。さらには薬の存在を隠すために、市販の睡眠薬の空箱を机の上に置き、事実を書き換えたのだ。死んだのは、ほくろのある自分のほうであると。

京香はあらためて目の前に座る少女を見つめた。その頬をつぶさに確認しても、そこにほくろがあるとは信じ難かった。近くで見てもまったく分からないほどである。それを成し得ているのが彼女のメイク術なのか、化粧品の力なのかは分からないが、京香はその十全にただ言葉を呑むしかなかった。

京香は唇を噛み締める少女に言った。「それで中学の時に同じクラスだった栞里を思い出したのね」

「はい。姉があの薬をもらった時期と、栞里ちゃんが亡くなった時期が同じだったので」

彼女が言う時期とは、セリーヌを名乗る一人の大学生がこの店で、たった一錠で死ぬことができる薬を配布していた一年半前のことである。京香の前に座る少女の姉は、その薬をその学生から入手したのだ。

「あなたは栞里もあの薬で亡くなったのではないかと考えて、私に会いに来たのね」と京香は言った。

「違うんですか……」

京香はそっと頷いた。

「栞里の死はそれとは関係ない。あの子はね、寂しかったの。ずっと一人で苦しんでいたの。でも私はそんな栞里を受け止めてあげることさえできなかった……」

京香は言葉に詰まり、込み上げる涙を指先で拭った。

「そう、だったんですね……」

少女は複雑な表情を浮かべ、長い息を吐いた。

「私、あの薬を探してたんです。せめてあの薬がもう一錠あれば、私たちはもっと前向きになれるって考えていたからです」

「あなたは私にセリーヌというキーワードを伝え、私がどのような反応をするかを見ていたのね。そしてその言葉に動揺した私を見て、ハードディスクのパスワードを差し出すことを決めた。でもあれは、あなたのハードディスクだった」

少女は俯いたまま黙っていた。

京香が新崎芽衣奈の部屋に臨場した時、すでにあのハードディスクからは大切なデータは全て消去されていたのだ。ノートパソコンが開かれたままの状態だったのは、警察が来る前に彼女がデータを削除していたからだろう。

「あなたは自分のハードディスクのパスワードを渡してまで、私と繋がりを作ろうとした。私にセリーヌを探させるために。いえ、あの薬を探すために。だからあなたは毎日この店に通っているのね……」

少女は京香の言葉を遮るように言った。

「自分でもよく分からないんです。でもあれはこの社会にあってはならない物です。持っているだけでその人の心まで壊してしまう危険な薬です。姉を、殺した薬なんです。だから私は、そんな薬を作り上げた人間を憎んでいます……それなのに、私は心のどこかであの薬を欲しているんです。姉と私をあんなにも苦しめた薬なのに、私は今でもあの薬が欲しくてたまらないんです」

大粒の涙が少女の頬を何度も濡らしていた。

京香は少女の涙を見て全てを悟った。彼女もまた、京香と同じように二つの意味を持つセリーヌに翻弄されていたのだ。双子の姉妹はそれぞれがセリーヌという言葉の意味を別々に捉えていたのだ。姉は、京香の知るセリーヌからこの店でその薬を入手した。だが姉の後にその薬を手に入れようとした妹は、死神と呼ばれる都市伝説からセリーヌという存在を探していたのだ。一つの言葉が二つの意味を持っていたのではなく、初めから二つの言葉として存在していたのだ。京香のペンダントトップと同じように。

「このことはご家族には？」と京香は尋ねた。

「あれからずっと部屋に籠もっていますが、気付かれるのは時間の問題だと思います」と少女は声を押し出すように続けた。「私、警察に行くんですよね」

京香は少女にそっとハンカチを差し出した。

それは先日芽衣葉に借りたハンカチだった。

少女は自分の名前が刺繍されたハンカチを見つめていた。

「一つ、約束して欲しいことがあるの」

芽衣葉は涙を溜めた瞳で京香を見つめた。

「この先どんなにつらいことがあっても、お姉さんの分まで精一杯生きるって、栞里の分まで生きてくれるって……」

京香はそれ以上の言葉を続けることができなかった。

芽衣葉は、ハンカチで顔を覆いながら言った。「はい。約束します」

京香はたった一錠の薬に翻弄された姉妹の真実を胸にしまい、そっとその店を後にした。

第7章　死者からのメッセージ

縦長の動画がスマートフォンの画面いっぱいに映し出されていた。

薄暗い場所で撮影されているためノイズが多く、その動画からでは部屋の様子をはっきりと確認することはできない。しかし優しい色の間接照明に包まれた雰囲気の良さそうな部屋のようだ。部屋の奥にはベッドサイドランプに照らされた可愛らしいベッドが見えていた。さらにその先には大きな窓があり、閉められたレースのカーテン越しには街の夜景が広がっている。窓が少し開いているのか、レースのカーテンが時折風にそよいでいる。動画に映る少ない情報から推測すると、高層階にあるワンルームタイプの部屋のようだ。誰も映ってはいないが、画面下には木目のテーブルが見えていた。テーブルの上にスマートフォンを立てるように置いて撮影しているのだろう。

ノイズと時折風にそよぐレースのカーテンが動くだけの動画が暫く続くと、画面の中に影が入り込んだ。誰かの手がレンズ部分を塞いだようだ。その手が画面を覆うとカメラの位置が少しずれ、再び固定された。

画面の中央には可愛らしいパジャマを着た一人の少女が映っていた。

少女は水が入ったペットボトルをテーブルの上に置くとカメラを覗き込み、鏡で確認するように前髪を直した。スマートフォンのインカメラで撮影しているため、彼女には自分の姿が見えているようだ。目鼻立ちのはっきりした少女だった。暗い画面からは彼女の年齢を推定することは難しいが、よく見ると少女というほどは若くないのかもしれない。

彼女はテーブルに両肘をつき、頬を膨らませたりしながらその大きな瞳で天井を見つめている。

動画からでも伝わってくる華奢な体型と可愛らしい仕草が、彼女を少女のように見せている原因のようだ。さらには、唇の端からちらりと覗く小さな八重歯もその幼さをいっそう強調していた。

「えっと、あそうだ。今日は……」

彼女は思いついたようにカメラに向かって日付と現在の時刻を告げた。

体型と同じく華奢な声ではあるが、その話し方も少女のようだった。彼女は下唇の輪郭を確認するように指先でなぞると、一度頷いてから続けた。

「特に話すことは考えてなかったんだけど……あまり段取りくさくしたくなかったっていうか、そのほうが誤解なく伝わるかなと思って。

特に最近はどんなことでも投稿したらすぐに炎上しちゃってたから。伝えたいことが間違って伝わっちゃうのは、やっぱり悲しいよね。

正直言うと、そのことではちょっと傷ついたりもしました。やっぱりもっと早くこの日を迎えるべきだったのかな……」

画面の中の彼女は再び指先を下唇に押し当てた。

唇が持ち上がり、少し困ったような表情になった。最近若い女の子たちが自撮りをする時に使う、困り顔である。彼女たちが意識してその表情を作っているのかは分からないが、特に男性は女性の困り顔に弱いと言われている。最近の女性が敢えてその表情を使うのは、困っている人を見ると助けたくなるという人間心理を突いた本能的戦略が働いているからかもしれない。

彼女は唇から指先を離すと続けた。

「今日という日を、自分の最後の日に選んだ理由は特にないんですけど……半年くらい前からもうそろそろかな、なんて考えてはいました。

ううん、正直に言っちゃうと、この半年は生きている必要なかったかな、なんて思ったりもしてます。でも、事務所の人とか……これまでお世話になった関係者の皆さんに迷惑かけるのは嫌だったから。

そう考えると、私は半年前からもう死んでいたのかもしれませんね。そのせいで意味不明な投稿とかたくさんしちゃって、ファンの皆さんには余計な心配をさせちゃいましたね。ほんと、ごめんなさい。

でも決めました。私は今日という日を、私の最後の日にすることにします。素敵だと思いませんか？　自分の最後の日を自分で決められるなんて」

動画の中の彼女の表情は、薄暗い部屋の中で生き生きと輝いていた。

「私、人にはそんな権利が必要だって思うんです。もちろんこの世界に生きてる人全員にそれが必要だなんて考えてはいません。けど私と同じように、そのお守りを必要としてる人はたくさんいると思うんです。それがあるから明日も頑張ってみようって。私みたいに……。だからいつかこの動画が、そんな人たちの役に立ったらいいなって願ってます。今まで私を応援して下さった皆様、ありがとうございました。本当に、最高に、幸せな人生でした。そして私が生きてきた中で、今日この日が、一番幸せです」

彼女は画面の外に手を伸ばして何かを取り出した。

手がカメラに近いせいかピントは合っていないが、彼女の親指と人差し指には白い球体のようなものが挟まれている。指のサイズから考えると直径一センチもなさそうである。

彼女はそれを口の中に放り込むと、ペットボトルの水を一気に飲んだ。そして大きな瞳を隠すように瞼《まぶた》を閉じると、緊張がほぐれたように肩を下げた。

「おやすみなさい。バイバイ」

そう言った彼女の笑顔は幼気《いたいけ》な少女そのものだった。

彼女はカメラに向かって小さく手を振って立ち上がると、そのまま奥に見えるベッドに向かった。そしてシーツに包まれるように眠りについた。

その後、映像に変化はなかった。

イヤホンを外すと鼓膜を叩かれるような耳の痛みを感じた。騒音の原因は、目黒川に架かる鉄道橋を渡る電車の通過音だった。

安西京香は目黒川と鉄道橋が交差した付近にある、五反田南公園のベンチに座っていた。滑り台やジャングルジムといった遊具が中央に配置された小さな公園である。ちなみに、五反田南公園という名前ではあるが住所は東五反田に位置している。

京香は芽衣葉と別れた後、新崎芽衣奈のハードディスクはもう調べる必要はないと荻堂に伝えるため、大崎署へ向かっていた。日常の忙しい業務の中で京香の無茶な頼みに付き合わせてしまったのだ。電話やメッセージで済ますのではなく、せめて顔を合わせて彼に謝意を伝えようと考えていた。だが京香は、たった一錠の薬に翻弄された双子の真実を大崎署に報告するつもりはなかった。そのためその真実をどのように荻堂に伝えるべきかを思案していたのだが、そんなことを考えているうちに大崎署とは方向の違う五反田南公園まで来てしまったのだ。

荻堂からのメッセージを受信したのは、公園に着いて少し時間が経ってからのことだった。メッセージには『この動画を観たら至急連絡下さい』と書かれてあり、その下にはURLが貼り付けられていた。京香のプライベートのスマートフォンにそのメッセージを送って来たのは、動画を確認しやすいからだろう。

スマートフォンの画面には先ほどの動画の続きが再生されていた。だが動画の中の女性はベッドに入ったまま動いていない。動画の中で動いているのはノイズと風にそよぐレースのカーテンだけである。

京香はスライダーを先送りして動画を最後まで確認したが、ベッドの中の女性は同じ体勢のまま一度も動くことはなかった。そして窓の外が少し明るくなり、その動画は終了した。

京香はスマートフォンの画面を消し、あらためて周囲を確認した。荻堂に連絡を入れる前に動画の内容を考察する時間が欲しかったからだ。

日没までまだかなりの時間が残されているはずではあるが、空一面を雲が覆っているため辺りはすでに薄暗かった。公園の周りには背の低い商業ビルを囲むように大型のタワーマンションが聳え立っていた。以前は小さな雑居ビルが立ち並ぶ商業地域だったのだが、今ではすっかり住宅街となっているようだ。

一台のバンが狭い一方通行の道路を窮屈そうに通り過ぎていった。

盆休みのため人通りは少なく、家族連れの姿もほとんどなかった。

京香は動画についての私見を整理し終えると、スマートフォンから荻堂に電話をかけた。

「観ましたか」

荻堂は応答するなり、挨拶もなく尋ねてきた。

「あの動画に映っている女性は、三笠ほのかで間違いないのね」

京香も本題から切り出した。

「はい。あの八重歯は間違いなくほのりんです。彼女が動画の中で言った日付も、亡くなった日と一致しています」と荻堂はなぜか小声で言った。

「あんた今カイシャ？」

「そうです。ちょっと待って下さい。人がいない場所に移動しますんで……」

暫く待つとスマートフォンの小さな受話口から再び荻堂の声が聞こえてきた。

「お待たせしました。今日の午後にあれを見つけて瀬乃課長に報告したんです。そしたら瀬乃さんの表情が急に険しくなって……」

「瀬乃さんはどこへ？」

「多分三階だと思います。もう何時間も戻ってきていません」

三階とは西脇のいる鑑識係のことだろう。

「やっぱり先に安西さんに相談したほうが良かったでしょうか」

荻堂は直属の上司である京香に先に報告をしなかったことを気にしているようだ。

「下川係長に報告するよりは賢明な判断だと思うわ。私は宿直明けの非番だったのだから」

「はあ……」と荻堂はため息のような返事をした。

瀬乃が鑑識に行ったことと荻堂が見つけた動画には関係があるのだろうかと京香は疑問を感じたが、今は動画についての内容を確認するほうが先だった。

「あの動画、全部で何時間くらい続いているの?」

「彼女がベッドに入ってからは五時間くらいありました」

「ベッドに入って数分してからは、彼女は一度も動いていないわよね」

「はい、まったく……」と荻堂は沈んだ声を出した。

「念のため聞くけど、この動画はすでに配信されてしまっているのよね」

「はい。調べたところすでに三〇〇回程度視聴されていました。ですが、アップロードされている動画はこの一本だけではないんです」

「どういうこと?」と京香は思わず尋ねた。

「ファンがこの動画をダウンロードして、新たな動画として共有サイトにアップロードしているようなんです。すでに一〇〇〇回以上再生されている動画もありました」

「つまり、あの動画はネット上でどんどん複製されているということ?」

「こうなってしまうと、もうネット上から動画を削除することはできないと思います」

京香は脳に酸素を送るように大きく息を吸い込んだ。

「この動画がアップロードされたのはいつか分かる？」

「僕が調べた限りでは、全ての動画は二週間以内にアップロードされたものです。逆にそれ以前にアップロードされた動画は見つかりませんでした」

京香は荻堂の言葉に一つの矛盾を見出していた。動画を撮影した日付と三笠が死亡した日付が一致するのであれば、彼女は自らの命が絶える瞬間を撮影したということになる。だとすれば、あの動画は半年以上前に撮影されたはずだ。しかし配信されている動画は全て二週間以内にアップロードされたものだと荻堂は言う。なぜ撮影から動画をアップロードするまでのタイムラグが半年もあるのか、それが京香が感じた矛盾だった。

だがそれだけではない。この動画にはそんな矛盾など比較にならないほどの深刻な問題が内包されていた。

スマートフォンの受話口からは沈黙が流れていた。

荻堂もそれを口に出すことを躊躇っているのだろう。京香は彼を落ち着かせるためにも平静を装ってはいるが、胸の鼓動は自分でもはっきりと聞こえるほど高鳴っていた。

京香は震えそうな声を通過する電車の騒音に重ねた。

「動画に映っていたのは例の薬かもしれないわね」

例の薬とは、たった一錠で確実に死ぬことができる薬である。一年半前に京香と荻堂が追っていたその薬の主成分はふぐが持つ毒として知られるテトロドトキシンだった。しかし動画に映っていた薬は、京香が知るセリーヌが配布した薬ではない可能性が高かった。なぜなら三笠は自殺する直前にＳＮＳで死神という言葉を用いたコメントを残しているからだ。つまりそれは、死神から手に入れた薬ということだ。

「やっぱり、そうなんでしょうか」

荻堂の力ない声が片方の耳から聞こえてきた。

「ただ、かつて私たちが追っていた薬ではない可能性があるわ」と京香は言った。

だが実のところ、京香も荻堂もその薬を見たことはなかった。見つかったのは全て、それを服用した後の遺体だけだったからだ。

「ほのりんが投稿した死神と関係があるのですね」

荻堂は思いのほか冷静だった。

「確証はないけど、動画に映っていた白い物体が三笠の直接的な死因である可能性は高いでしょうね。彼女は一度も寝返りをうっていないのだから」

京香は荻堂に寝返りの重要性を説明した。寝返りは血液が滞ることを防いだり、体の歪みを直し筋肉や骨を休ませるためにも必要な動作である。健康な大人であれば八時間の睡眠に対して平均一五回程度の寝返りをうつと言われている。仮に同じ姿勢で眠り続ければ体の一部分のみがその体重を支えることになるため、脳の神経が痛みや何らかの異常を検知し、それらを回避しようとする機能が働く。そのため健康な人間であれば、睡眠中に一度も体を動かさず同じ姿勢のままでいることはできないはずである。人間にとって寝返りは無意識のうちに行われる自衛的機能でもあるのだ。不眠症に悩む京香ならではの知識だった。

荻堂の声にもならない深いため息が電話越しに聞こえて来た。

「安西さん……ほのりんは、あの薬を誰かに無理やり飲まされたとは考えられませんか」

意図は分からないが荻堂は縋《すが》るような声を出した。

「動画の中の彼女の言葉を聞く限り、その可能性はないでしょうね」と京香はきっぱりと答えた。

「ですよね……分かりました。安西さんがはっきり言ってくれたおかげで、やっと受け入れることができました。やっと」と、荻堂は覚悟を決めたように言った。

やはり荻堂の心中を察することはできなかった。

京香はふいに浮かんだ疑問を言葉にした。「ねえ、もしこの動画を三笠が自分で撮ったのなら、一体どうやってそれをアップロードしたのかしら」

「……確かに。彼女がこの動画の中で亡くなっているのだとしたら、アップロードなんてできるはずがないですよね。そもそも撮影を止めることだってできないはずです。ライブ配信をしていた訳でもないようですし」

「例えば撮影中にバッテリーが切れるとどうなるの？」

「録画は停止すると思います。スマホのメモリ容量が足りなくなった場合も、自動的に撮影が止まるはずです。ただそのどちらにしても、誰かがこの動画データを彼女の部屋から持ち出さない限りはアップロードすることはできないと思いますが……もしかしてその人物って」

京香は荻堂の上ずった声に微かな胸の痛みを覚えたが、そのまま続けさせることにした。

「二週間前に西五反田のホテルで自殺した鮎川翔ではないでしょうか。鮎川はほのりんのマネージャーでしたし、彼女の自宅の鍵を持っていてもおかしくはないと思います。いえ、二人はそれ以上の関係だった可能性もあります！」

いつものことではあるが、荻堂の余計な一言が胸に刺さった。だが、彼がそれを口に出してくれたおかげで京香は胸の痞えが下りたような気がした。

京香は言った。「考えられるわね。三笠との関係を考えれば、鮎川がその動画データを持っていたとしてもおかしくはない。そして彼が自殺する直前にその動画をアップロードしたのであれば、半年以上が経った今になってそれが配信されているというのも分かる。ただ、彼がなぜその動画をアップロードしたのか、という理由は見当もつかないけど」

「なんか許せないっすね、鮎川ってやつ」

荻堂の声には怒りの感情が込められていた。京香は不覚にもその言葉に同調しそうになったが、電車が通過してくれたおかげで何も言わずに済んだ。

「ねえ荻堂。鮎川のご遺族ってまだ見つかっていないのよね」

「担当じゃないんで詳しくは分かりませんが、今朝ようやく見つかったみたいですよ。そういえば、少し前にうちの課を訪ねて来た女性を見ましたけど……ちょっと待って下さい」

暫く待つと、スマートフォンの受話口から荻堂が誰かと話している様子が聞こえてきた。

「遺体の確認が終わったため、すでにお帰りになっているそうです。お見えになったのは母親だったようです」

京香は荻堂の言葉に胸が痛んだ。

「分かった。それで遺体と遺品は?」

「遺体はまだ地下だと思います。警務課がこれから引き渡しの段取りに入るはずですので。遺品はどうなんでしょう、普通はご遺族にお返しするんじゃないですかね……」

地下とは遺体安置所のことである。京香は翔の遺族が見つかったことには安堵したものの、彼の遺体がまだ大崎署にあると考えただけで気分が重くなった。

京香は重い鎖を振り解《ほど》くようにベンチから立ち上がった。

「荻堂、ちょっと頼みがあるんだけど」

「……なんでしょう」

「警務課からそのご遺族のかたの連絡先を聞き出して欲しいの」

「ちょっ、今度は何するつもりですか！」

スマートフォンの受話口から荻堂の小さな叫び声が聞こえてきた。

「ああそれと、例のハードディスクはもう調べなくていいから」

電話の向こうで絶句する荻堂をよそに、京香はすでに歩き出していた。


京香は港区の三田警察署付近にあるホテルの一階ロビーに併設されたカフェスペースに座っていた。場所を思い浮かべる際に、駅や大きな建物よりも警察署を基準として考えてしまうのは刑事の習性だろう。

そのビルの一階には二つのエントランスがあった。ビルの高層階部分がホテルとなっており、その下には大手民間企業のオフィスが入っているためである。企業関係者とホテルの利用客は別々のエントランスを通りそれぞれのロビーへと抜けるのだが、仕切りにはガラスが使用されているため一階全体が一つの空間のようにも見える。

ホテル側のロビーは吹き抜け構造となっており、大理石の床と大きなガラスに囲まれていた。冷たい配色ではあるが暖色の照明が温もりを与える落ち着いた空間だった。一方の企業側のロビーは、夜七時を過ぎているせいか電気は消えていた。もっとも盆休み期間は終日使用されていないのかもしれない。

ホテルの制服を着た女性がトレイを持って近づいて来た。女性は京香が座るテーブルにコーヒーを二つ置き、丁寧に一礼するとカウンターの奥へと戻って行った。パンプスの音が静かなロビーに心地よく響いていた。

京香の前には翔の母、鮎川昌代《まさよ》が座っていた。

荻堂が警務課から聞き出した昌代の携帯番号に連絡を入れ、彼女が宿泊するホテルへ行くことになったのだ。

昌代は柔らかそうな生地のブラウスの上に紺色の麻のジャケットを羽織っていた。年齢は京香の母よりも少し上に見えるが、苦労とは縁のない生活を送ってきたことが外見からも伝わって来るような品の良い女性だった。

一方の京香は、上下黒のスーツにライトグレーのブラウスという服装をしていた。翔の母に会うために急いで自宅へ帰り、着替えてからホテルへと来たのだ。なぜそんな必要があったのかは自分でも分からない。ただ、翔との関係を昌代に伝えるつもりはなかった。

受付でチェックインの手続きをしていた外国人がエレベーターホールの中へ消えて行っ

た。

ロビーには天井から流れるクラシック音楽だけが響いていた。

昌代はコーヒーにミルクをゆっくりと入れた。

その姿に自分の母を重ねながら、京香は息子を失ったばかりの母にどんな言葉をかければ良いかと思案していた。京香は昌代にとって警察の人間でしかなく、ましてや無理を言って時間を作ってもらっている立場なのだ。先ずは彼女を安心させる言葉が必要だった。

京香は言った。「素敵なホテルですね」

言った矢先に後悔した。どう考えても今の昌代にかける言葉ではなかった。だが、翔の母だと考えるだけで落ち着かないのだ。

京香は自らを戒めるように唇を噛みしめた。

「主人がこちらに入っている企業の社長さんとお付き合いがありまして、今朝予約をしてくれたんです」

昌代の力ない声が返って来た。

「そうでしたか。本日は遠い中わざわざお越し頂きましてすみませんでした」と京香は頭を下げた。

「こちらこそ、息子が大変ご迷惑をおかけしました」

昌代は京香よりも深く頭を下げた。

「本日はご主人様は」と京香が尋ねた。

「ええ、主人は死んだ息子にかまっている暇などないと申しておりまして……」

京香はまたしても質問の内容を間違えたと反省したが、昌代は話を続けた。

「主人は広島の呉《くれ》で機械部品を組み立てる工場を経営しております。私が言うのもなんですが、それなりに規模の大きな会社のため、地元の様々な役回りも任されています。そのため昔から自分には厳しい人で、息子たちにもとても厳しく接しておりました」

「ご兄弟がいらしたのですね」

「ええ、翔は弟でした。主人は二人とも自分の会社で働かせるつもりだったのですが、翔のほうはそれを嫌がって、高校を卒業すると同時に家を飛び出して東京へ行ってしまったんです。兄のほうはすでに工場で働いていましたので、せめて自分は好きなことがしたかったのでしょう。だから私は夫に逆らって翔を応援することにしたのです。そのせいか、主人が翔と口を利くことはそれ以来一度もありませんでした」

昌代は諦めたように吐息を漏らした。

「翔は……すみません、翔さんはどのような仕事を目指されていたのですか」

「彼は高校生の頃からずっと芸能関係の仕事に就きたいと言っておりました。ただとてもシャイな子でしたから、正直そのような仕事には向いていないんじゃないかと思っていたんです。しかし翔は、上京をしてすぐに小さな劇団に所属しましてね。生活は厳しそうでしたがバイトをしながらそこで演技の勉強を団員の人たちと一緒に頑張っていました。考えてみれば、あの子は昔から人に好かれる性格ではありましたから」

京香は自分の知らなかった翔の一面に胸が熱くなった。

「翔さんが上京してからも、お母様は彼と連絡を取っていたのですね」

「ええ。年に数回程度ではありましたが、電話をしたり、用事で東京に来た時は会うこともありました。私はそのたびに元気な息子の様子を主人に報告していました。ああ見えて主人は、翔のことをずっと心配していたんです。私が翔の話をする時はじっと黙って聞いていました。

でもね、翔に彼女ができたと話した時はさすがに口もとが緩んでいましたよ。その数年後に彼女が人気アイドルになった時なんて、知人に自慢して歩いていたほどです。あれは俺の息子の彼女だって」

昌代は懐かしむようにコーヒーカップの水面を見つめていた。

亡くした息子の思い出を懐かしむ母を邪魔したくはなかったが、京香には確認しなければならないことがあった。

「あの、翔さんの彼女というのは、三笠ほのかさんなのでしょうか」

「ええそうです」と昌代は真顔で答えて続けた。「ほのかちゃんとはその劇団で出会ったと言ってました。息子に紹介されて何度か会ったこともあります。もちろんあんなに人気が出る前のことですけどね。でも正直言って、私はあの子があんなに人気が出るとは思ってもいませんでした。ルックスがという意味ではありませんよ。なんと言いますか、少し変わっているというか、はっきり言ってしまえば性格の暗い子でした。ああ、もちろん悪い子ではなかったんですよ」

「翔さんはその劇団で三笠さんと出会い、その後彼女のマネージャーになったということでしょうか」

「ええ。その劇団の舞台に出ていたほのかちゃんがスカウトされたことをきっかけに、翔は役者の道を諦めて彼女のマネージャーになることを決意したんです。翔は彼女のことを本当に大切に思っていましたし、そもそも翔は芸能関係の仕事に就くことが目的だったようなので、私は黙って彼を応援することにしました」

昌代は声の調子を落として続けた。

「その後、彼女がテレビに出るようになってからは、息子もとても忙しそうでした。次第に電話にも出なくなって、会うこともなくなってしまいました。でも私はテレビに出ているほのかちゃんを観て、東京で頑張っている息子の姿を重ねていました。主人も私と同じ気持ちだったと思います。それが、あんなことになってしまうなんて……」

昌代は両手をそっと膝の上に下ろした。

あんなこととは、三笠ほのかが自殺したことである。

「彼女のファンが後追いをしたりする事件があったでしょう。だから私は翔が心配でなりませんでした。しかし何度息子の携帯に連絡を入れても出ることはありませんでした。それで彼の勤め先に連絡を入れ、会社を辞めたことを知ったのです。

今となっては、やはり東京になんて行かせるべきではなかったと思っています。きっと主人が正しかったんですね。私はただ、物分かりの良い母親を演じていたかっただけなんでしょうね」

昌代は静かに涙を流しながら言った。

「不思議ですね、先ほど一生分の涙を流してしまったはずなのに……」

「翔さんは、誰からも愛される優しい人だったのですね」

京香の頬に幾つもの涙が落ちていた。

「あの、安西さんは息子と知り合いだったのですか？」

昌代が不思議そうな顔をして京香を見つめた。

「いえその……実は私、鬱を患っていたことがあるんです。その時に優しくしてくれた人のことを、つい思い出してしまいまして」

「そうですか。その人は安西さんにとって、大切な人だったのね」

「はい。とても」

「ありがとう」

昌代は母が娘に話すように言った。

「すみません」と京香はテーブルに置いてあった紙ナプキンで涙を拭いた。

「……あの、ところで今日のお話というのは」

京香は昌代に電話をした際に、お願いしたいことがあると言ってわざわざ時間を作ってもらったことを思い出した。もはや完全に刑事失格である。

「申し訳ございません。用件が最後になってしまいました。もしよろしければ、翔さんがご使用になられていた携帯電話を少しの期間お貸し頂けないかと思いましてご連絡を差し上げたのです」

昌代が眉を顰めた。

「いえ変な意味はございません。実は我々は、三笠ほのかさんが亡くなった原因を今でも調べておりまして……そこで三笠さんのマネージャーをしていた翔さんの交友関係などから、彼女に繋がる情報が見つかればと。もちろん、無理にとは言いません」

かなり苦しい言い訳ではあるが、自殺した息子の携帯から三笠ほのかの動画がアップロードされたかどうかを調べたいなどとは口が裂けても言えなかった。

「なかったんです」と昌代は眉を顰めたまま言った。

「なかったと言いますと」

「警察署で返された遺品は彼の時計と財布だけでした。職員のかたもこれが全てですと仰っていました」

そんなはずはなかった。京香は翔が自宅に来ていた時も、自殺したホテルでも、彼のスマートフォンを確認しているのだ。大崎署の手違いだとすればあまりにもお粗末な話ではあるが、京香はそこに何か別の意図が隠されているような気がしてならなかった。

「先ほど息子が借りていたアパートの大家さんにご挨拶に伺った際に、翔の部屋へ入らせてもらったのですが、そこにもありませんでした。やはり携帯は解約したのではないでしょうか。そもそも家賃を何ヶ月も滞納したうえにアパートには帰っていなかったようですし、仕事もしていなかったでしょうから生活が苦しかったのだと思います」

「そうでしたか。失礼なことをお願いしてしまいすみませんでした」

京香は頭を下げた。

「ただ、息子の部屋のことで少し気になることがありまして」

「気になることとは？」

「思い過ごしだとは思うのですが……なんといいますか、片付き過ぎているような気がしたんです」

「部屋の中が、ということでしょうか」

「はい。翔は昔から部屋を片付けるのが苦手な性格でしてね。散らかっている部屋のほうが落ち着くと自分でも言っていたほどなんです。それが、箪笥やカラーボックスの中といった隅々まで片付いていたのです」

京香は返す言葉を見つけることもできず、その言葉の意味を考えていた。

「きっと大家さんかもしれませんね……」と昌代は遠くを眺めるように呟いた。

天井から流れていたはずの音楽は、いつの間にか聞こえなくなっている。

京香は物思いに耽るようにじっとコーヒーカップを見つめる昌代に本日の礼を告げ、ホテルを後にした。


その光は夜の街に突如現れた蜃気楼のようだった。

三田警察署のすぐ近くにあるホテルを後にした京香は、妖艶な光に吸い寄せられる夏の虫のように三田通りを歩いていた。

三田通りは三田二丁目と芝五丁目の境界線上に位置する片側三車線の道路だ。正面に東京タワーが見えるため、歩いているだけで自然と上を向いてしまう通りである。

盆休みということもあり交通量は少ないが、歩道の随所には深夜の東京を楽しむ外国人観光客の姿があった。

京香はジャケットを脱ぎ、自分とは縁のない街の生温《なまぬる》い夜風を身に受けながら、今日という長い一日を振り返っていた。

とにかく長い一日だった。さすがの京香も立っているだけで睡魔に襲われるほどである。二四時間勤務の宿直が明け、その後着替えるために二度自宅に帰ったものの、一睡もしていないのだからそれも当然だろう。京香はコンビニで買った一番高いエナジードリンクを飲み干し、再びその足を進めながら思考を再開した。

先ず芽衣葉との会話を振り返った。今の京香の頭ではその双子の姉妹のことを考えただけでも混乱してしまいそうになる。しかし妹の新崎芽衣奈が姉の芽衣葉を装っていたという事実を別に考えれば、一つだけ明確になったことがあった。それは、新崎姉妹は死神と呼ばれるセリーヌとは一切の関わりを持っていなかったということである。

彼女が全てを打ち明けてくれたおかげで、新崎姉妹が所有していた薬と、三笠が動画の中で飲んだ薬を、別々の事案として捉えることができたのだ。三笠のＳＮＳを考慮すれば、彼女が服用した薬は死神と呼ばれるセリーヌから入手した可能性が高い。つまり会うだけで安らかな死を与えてくれるという死神の力とは、たった一錠で死ぬことができる薬ということになる。

そして昌代の話から、翔と三笠は恋人同士だったことが確かになった。翔が高校を卒業してすぐに上京をしたことを考えれば、その関係は一〇年近く続いていたことになる。それほどの期間を共に過ごしていたことを考えれば、二人は深い信頼関係で結ばれていたはずである。

芽衣葉の告白、配信された三笠の動画、そして翔と三笠との関係。今日一日で得た情報を順に整理していく中で、京香の脳裏には三つの疑問が浮かび上がっていた。

一つ目は、三笠はなぜ動画を撮影し配信しようとしたのかという疑問である。その内容から、三笠は動画を誰かに見せる前提で撮影したことは間違いないだろう。さらには、動画の中ではっきりと死ぬことができる権利の必要性を訴えていた。そしてそれを、お守りという表現を使って説明したのだ。そこにはどんな意図があったのだろうか。

二つ目は、動画が配信されたのがなぜ半年以上も遅れたのかという疑問である。あの動画をアップロードしたのは翔と考えて間違いないだろう。なぜなら三笠の部屋に自由に入ることができるのは、その恋人である翔一人しか考えられないからだ。そして動画が配信された時期が彼が自殺した時期と重なっている。つまり翔は三笠に動画のアップロードを託されていた可能性があるということになる。

三つ目は、大崎署が翔の遺品であるスマートフォンを遺族に渡さなかったことだ。しかも三笠の動画が配信されたこのタイミングである。大崎署はなぜ遺族に嘘をついてまで翔の携帯を隠したのだろうか。もはや大崎署は、三笠の死に関する重大な事実を隠しているとしか考えられなかった。

芝公園を抜けると、ふと京香の足が止まった。

もう一つ、新たな疑問が浮かび上がったからだった。それは荻堂についてだった。

彼はなぜ三笠ほのかの情報を京香に報告するのだろうか……。

京香は荻堂に新崎芽衣奈のハードディスクの調査を依頼したはずである。だが、三笠の情報を調べて欲しいとは頼んでいない。

京香はあらためて荻堂が報告してきた情報を順に思い返してみた。三笠の後追いと思われる新崎芽衣奈の自殺現場への臨場要請、三笠がＳＮＳで使用した死神というコメント、そして今日彼が見つけた三笠が自殺する瞬間の動画。その全てが三笠ほのかに関する情報だった。単に彼が三笠のファンだと言ってしまえば元も子もないが、京香はどうも釈然としなかった。

生温い風が京香の汗を拭き取るように撫でた。

目の前には、オレンジ色の塔が空に浮かぶ満月を突き刺すように立っていた。

京香は鉄骨の塊でできたその塔を見つめた。

翔はこの街でどんな夢を見ながら生きていたのだろう……。

京香はそっと目を閉じ、希望に満ち溢れた一人の青年の姿を思い浮かべた。

翔は上京をしてすぐに小さな劇団に所属し、そこで演技の勉強を始めた。生活は苦しかったかもしれないが、仲間と共に夢を追い求める時間は充実していたはずだ。そして三笠ほのかと出会い、恋に落ちた。やがて翔は三笠がスカウトされたことをきっかけに役者の道を捨て、彼女のマネージャーになる決意をする。決して平坦な道のりではなかっただろう。だがアイドルとして駆け上がっていく三笠の成功は、翔にとっても大きな喜びだったはずだ。

京香の瞼の裏に、翔の幸せそうな顔が映し出されていた。彼の人生は充実していた。そう信じたかった。

そして雨宮との出会いも、翔にとっては強く印象に残るできごとだったのだろう。実家のある広島を飛び出し一人東京へやってきた翔にとって、雨宮は父のような存在だったはずである。そして雨宮もまた翔のことを……。

翔のことを……。

突如、京香の思考が止まった。

まるで一方向に進んでいた思考が大きな壁で塞がれてしまったような感覚だった。ある一つの記憶を思い出そうとするだけで、脳内の全ての神経回路が混線状態に陥ったように停止し、思考が先に進まなくなってしまうのだ。

京香は何度も雨宮の顔を思い出そうと試みた。

だが、その顔が思い出せなかった。目も、鼻も、口も、耳も、眉も、髪の色も、雨宮の顔を形成するパーツの一つさえ思い出すことができないのだ。憶えているのは、彼の派手な服装と左手首の上で輝く腕時計だけだった。

そんなはずはない。京香は昔から人の顔を憶えることだけには自信があった。特に仕事で関わった人の顔を忘れたことは一度たりともなかった。その能力のおかげで幾つもの手柄を立て、刑事に任用されたという自負さえあった。だがつい先日会ったばかりの雨宮の顔が、思い出せないのだ。何度思い出そうとしても、顔の輪郭さえぼんやりとした光に包まれているのだ。

繰り返し見る夢の最後に出てくる顔と同じように……。

京香はスマートフォンを取り出し、思い浮かんだ幾つかの言葉を順に検索していった。

『思い出せない　過去』

『憶えることができない　記憶』

『記憶　消失　過去』

『特定の記憶　消失』

『記憶　消失　障害』

幾つかの検索結果の表示欄の中に、心因性記憶障害という見出しがあった。

京香は震える指先をゆっくりと画面に近づけ、その記事を表示させた。

心因性記憶障害とは、精神的なストレス等によって記憶が失われる障害だった。不快な体験やできごとにより特定の事象や人物を思い出せなくなる、逆行性健忘とも呼ばれる記憶障害の一種である。そしてページの最後には、心因性記憶障害は日常の生活では気付くことが難しい病気であると記載されていた。

京香は眼前に聳え立つ東京タワーを見上げ、夜空に翔の言葉を浮かべた。

自分では気付いていないもう一人の自分、もしくは認めたくないもう一人の自分……。

それは鬱であった自分を受け入れることができた言葉だった。

京香は今一度その言葉が持つ意味を熟考した。そしてその真意を解した。

夢の中に繰り返し出てくる顔のない人物は、あの男だったのだ。

第8章　真夜中の会議室

四角い庁舎から交番が突き出したようなエントランスを潜ると、署内は深夜にもかかわらず活気に溢れていた。とは言え、活気があるのは職員たちではなく署に連れて来られた被検挙者たちのほうである。一方、被検挙者たちの対応を迫られる職員たちの顔は皆蒼白だった。盆休みくらい静かに過ごさせて欲しいという職員たちのささやかな願いも、叶えられないようだ。

大崎署に限った話ではないが、夜の警察署は週末が近づくに連れて徐々にその喧騒を増していく。特に管区に日本有数の歓楽街を持つような大崎署は、深夜になると事案の大小を問わず様々な容疑で検挙された人々が連れて来られるのだ。酔っ払って店の中で喧嘩をした会社員、改造車で騒音を撒き散らしながら暴走行為を行った若者、路上で店の看板を破損させた不良少年など、年齢や性別に関わりなく様々な理由で連行された人間たちが署内に集まる。中には先日京香が一晩中相手をさせられたような、ＤＶなどの家庭内の相談で来署する者もいる。しかも、夏季は学生たちが一斉に夏休みに入るため署内はひときわ騒がしくなるのだ。ただでさえ人手不足の大崎署は、そんな彼らを宿直の職員たちだけで相手しなければならないのだ。もし大崎署の職員に我が署は昼夜のどちらが活気あるかと聞けば、誰もが夜と答えるに違いない。

ちなみに検挙とは、検察官や司法警察職員などが認知した犯罪行為について被疑者を取り調べることである。犯人を捕まえた時に逮捕や検挙という言葉が使われることがあるが、逮捕は身柄を拘束することに対して、検挙は身柄を拘束せずに任意で取り調べる時に用いられる。逮捕であれば留置場に入れられることになるが、検挙であればその強制力はないため、署内で平然と騒いだり職員に悪態をつくこともできる訳だ。

安西京香は一階の総合受付を抜けると、活気と殺気を混ぜ合わせたような署内の喧騒を尻目にエレベーターホールへと向かった。

「お？　随分とまたべっぴんさんが来たじゃねえか。なんだねえちゃん、なんか問題でも起こしたか？　こっち来い。俺が守ってやるから」

交通課のほうから酔っ払いの声が聞こえてきた。完全に呂律《ろれつ》が回っていないが、京香に呼びかけているようだ。

京香は自分がブラウス姿だったことを思い出し、慌ててジャケットを着用した。同時に、被検挙者たちを相手に奮闘する職員たちの冷ややかな視線も感じた。ジャケットを着ても大崎署内では女性の私服職員は珍しいためそれも仕方がなかった。昌代に会うために、ベージュのセットアップから上下黒のスーツに着替えていたことだけがせめてもの救いである。

京香は職員たちの視線を縫うようにエレベーターホールへと急いだ。

エレベーターを三階で降りると、京香は刑事組織犯罪対策課へと足を進めた。通称デカ部屋とも呼ばれるこのフロアに来ると、京香はいつも抑えきれない興奮を覚えてしまう。五階の生活安全課とは違い、フロア全体に張り詰めた空気が充満しているためだ。無理もない、この階にいる職員たちは殺人や強盗といった凶悪事件を専門に扱う刑事たちなのだ。

フロアの構造も五階とは全く異なっている。先ず、同じ階に取調室があることが大きな違いだ。刑事事件で容疑をかけられた被疑者が連れて来られるのが取調室なのだ。そして鑑識部屋があるのもこの階である。

但し、被疑者が入る留置場に関してはこの階ではなく七階にある。留置場は刑事組織犯罪対策課の管理下にはないからだ。たとえ事件の担当刑事でも留置場には勝手に入ることは許されず、別の課の留置管理係に依頼して被疑者を取調室まで連れてきてもらう規則となっているのだ。ちなみに留置場を刑事組織犯罪対策課が管理しないのは、被疑者を強引な取調べから守るという意味がある。

京香はデカ部屋を進み、奥の鑑識部屋を目指した。フロアには宿直であろう数名の男性職員しかいないが、彼らの鋭い眼光は京香に向けられているのが嫌でも伝わって来た。彼らは深夜に突然現れた京香に疑問を感じているのだろう。もしくは刑事であれば誰もが憧れる捜査第一課への出向話に返事もせず、署に居座っている頭のおかしな奴だと思っているに違いない。全員顔見知りではあるが、京香は彼らと目を合わせないように奥へと進んだ。

会議室と取調室を過ぎると鑑識部屋の扉が見えた。

京香は軽くノックし、扉を半分ほど開けて言った。「失礼します」

部屋にいた係員が椅子のキャスターを滑らせて顔を覗かせた。西五反田のホテルにいた西脇の子分の一人だった。名前は田所《たどころ》だ。

「なんか用？」と田所は怪訝《けげん》な顔つきで言った。

「西脇さん、いらっしゃいますか」と京香は尋ねた。

「ああいるよ。今日は宿直ではないはずなんだけどねえ」

田所の怪訝な表情は人懐っこい笑みに変わっていた。

深夜にもかかわらず西脇に呼び出しを食らったのだろうと、京香のことを同情してくれているようだ。

「今はどちらに？」

「さっき瀬乃課長がここへ来て一緒に出ていったな。ああ、そこの会議室じゃない？」と田所は京香の後ろを覗き込むように椅子の背もたれを軋ませた。

「ありがとうございます」と京香は頭を下げて扉をそっと閉めた。


使用されている会議室は電気が点いているためすぐに分かった。

京香は一番広い会議室の扉をノックして入室した。

「失礼します」

言葉が蛍光灯の眩しさに掻き消されそうなほど明るい部屋だった。

細めた目の中に、楕円形の大きな会議机が飛び込んできた。白い部屋の中央に配置されたそれは、ここが刑事組織犯罪対策課の主要会議室であることを知らしめているようにも見えた。

京香は眩しい光の中から、瀬乃と西脇の視線を感じた。

瀬乃はジャケットを椅子に掛け、窓側の壁に寄りかかるように立って腕組みをしていた。シャツの襟やズボンにはほとんど皺が入っていないところを見ると、西脇に呼び出されたのかもしれない。

西脇は会議机の奥で足を組んで座っていた。相変わらず全身グレー尽くめだが、明るい部屋で見るせいかスーツの色はいつもより白っぽく見える。

京香と視線が重なった西脇が眉を大袈裟に顰めて言った。「俺が呼んだのは瀬乃なんだがなあ……」

飛んで火に入る夏の虫とは自分のことである。京香は二人がいると分かっていながら、後先も考えず会議室に飛び込んでしまったことを悔やんだ。

会議室には時計の秒針の音が聞こえてくるほどの沈黙が流れていた。

暫くすると、扉をノックする音が聞こえた。

「失礼します」

会議室の中へ入って来たのは荻堂だった。

京香はその姿に救われた思いがした。だが、荻堂は不思議そうな顔を浮かべて席に着くと、京香とは視線を合わそうとしなかった。

身の置き場のない京香は、荻堂の隣に座るしかなかった。

普段は五階にいるはずの三名の生活安全課員が、煌々《こうこう》と輝く深夜の刑事組織犯罪対策課の会議室で顔を合わせていた。

西脇は神妙な面持ちをした生活安全課員たちとの関わりを避けるように、奥の席で首のストレッチのような動きを繰り返している。

京香は自分以外の職員がこの会議室に集まった理由を考えてみたが、その答えは何一つ思い浮かばなかった。

互いを探り合うような沈黙を破ったのは西脇だった。

「なんだよ。瀬乃んとこの課は、お前を呼ぶと部下が二人も付いて来んのかよ。まったく羨ましい話だぜ」

荻堂は自主的にこの会議室に来たようである。

「荻堂は俺が呼んだんだ」と瀬乃が言った。

どうやら京香だけが招かれざる客のようだ。

瀬乃は一つ息を吐き、会議机の上に一台のスマートフォンを置いた。

「安西、お前が探しているのはこれか」

見覚えのあるスマートフォンだった。京香が探していた物で間違いない。翔のスマートフォンである。

「やはりうちの署が隠していたのですね。鮎川翔の遺品であるスマートフォンから、あの動画が出てきたからですか？」

「そうだ」

瀬乃はあっさりと認めた。

「うちの連中がその携帯を使って動画を削除したけどよ、ああいうのは一度出しちまったらもう手遅れなんだろ？」と西脇はどこか他人ごとのように言った。

「動画はすでに拡散し始めています」と荻堂が口を開いた。

「なんたって人気アイドルが死ぬ瞬間の動画だからな」と西脇は諦めたように言った。

荻堂は西脇の言葉に肩を落とした。

「だがあの動画はノイズだらけだ。拡散したとしてもあれが三笠本人であると証明することは難しいはずだ」と瀬乃は言った。

「いえ、あれは間違いなく三笠ほのかです」と荻堂は瀬乃に言った。

「そうだとしても、今後警察がこの動画に関与することはない」と瀬乃は荻堂に言った。

「でも！」と荻堂は会議机に身を乗り出したが、すぐに姿勢を戻した。

瀬乃はそんな荻堂に理解を示すように強張った表情を少し緩めた。

京香は二人の会話の意図を読み取ることができなかった。

瀬乃は中断された議題を引き戻すように言った。「三笠ほのかと鮎川翔の間にどんな関係があったのかは分からない。だがアイドルとそのマネージャーだったことを考えれば、その関係は近いものだったはずだ。鮎川があの動画を持っていてもおかしくはないだろう」

やはり瀬乃も翔が動画をアップロードした理由を考えていたようだ。

京香は逡巡したが、先ほど昌代から聞いた話を三人に報告することにした。

彼らは夢を抱いて上京をした一人の青年の話に、じっと耳を傾けていた。

京香の話を聞き終わると荻堂が言った。「やはりほのりんと鮎川の間には深い繋がりがあったということですね」

「いい話の後で申し訳ねえんだがよ、俺はその兄ちゃんのことで知らせたいことがあって瀬乃に来てもらったんだが……」と西脇は瀬乃の表情を窺った。

「構わん、続けてくれ」と瀬乃は言った。

西脇は瀬乃の言葉に少し驚いたような表情をしたが発言を続けた。

「じゃあ遠慮なく言わせてもらうぜ。だいぶ時間がかかっちまったけど、鮎川翔の死因はやっぱり例の薬で間違いねえ」

瀬乃が天井を見上げるように大きく息を吐いた。

京香は西脇の言葉を努めて冷静に受け止めていた。西五反田のホテルで西脇に聞きたいことがあると言われた時から覚悟はしていたからだ。

「死因はテトロドトキシンだったのですね」と京香は言った。

「だったらこんな厄介な話にはなってねえぜ」

「どういう意味でしょうか……」

京香には西脇の言葉の意味が分からなかった。

「嬢ちゃんにも分かりやすく説明してやるか」

西脇は重い足を持ち上げるようにして組み替えた。

「テトロドトキシンってのは神経の伝達を遮断する神経毒だ。そいつが体内に入ると、早ければ二〇分程度でその症状が表れる。まずは唇や舌先に軽い痺れが表れ、それが指先や足先へと続き、やがては全身麻痺状態となる。そして最後は呼吸困難という壮絶な苦しみを味わいながら心肺が停止するって訳だ。だが今回見つかった成分はその比ではねえ。殺傷能力という意味だけで言えば、その数十倍の力を持っている猛毒だ。そいつはな、触れるだけでも危険なくらげの毒だ」

「くらげ……？」

京香は西脇が一体何の話をしているのか皆目見当がつかなかった。

「イルカンジクラゲだ。神経系を麻痺させるという意味ではテトロドトキシンによく似ているが、そいつが持ってるのはそのメカニズムさえ明らかになっていないほどの猛毒だ。しかもそいつは一センチ程度の透明な体の中に、コブラが持つ毒の一〇〇倍以上の強さの毒を持っている。そのため見えない悪魔とも呼ばれている。つまり鮎川が飲んだ薬には、そんな危険な毒が含まれてたってことだ」

荻堂が唾を飲み込む音が会議室に響いた。

「ま、ふぐだろうがくらげだろうが、死ぬことを目的にそれを使用するんなら大差ねえけどな。問題はその苦しみをどうやって遮断するかだ。そこでトリアゾラムの出番って訳だ。そいつが主成分になってる薬で有名なのが、昔は青玉とか呼ばれていたハルシオンだ。大きく括っちまえばベンゾジアゼピン系に分類される睡眠薬なんだが、こいつの最大の特徴ってのがその効力の表れる速さだ。しかもこいつは脳の機能を低下させる機能まで持ち合わせる優れもんだ。要するに、脳が疲れきって眠っちまう状態を強引に作り出すことができる。つまり例の薬ってのはそのどちらも、脳が神経毒を感知する前に眠っちまうように計算されて作られてるってことさ。しかしだ。どっちも死ぬための薬ということには変わりねえのに、そいつの出所次第でその意味は大きく変わっちまう。まったく迷惑な話だぜ」

西脇は話し疲れたように両足を投げ出した。

「鮎川翔の遺体から、そのくらげの毒性が検出されたんだな」と瀬乃が確認するように言った。

「間違いねえ、三笠ん時と同じもんだった。先日の女子高生はテトロドトキシンのほうだったがよ」

一瞬だが、西脇の唇から舌がはみ出すのが見えた。

京香は尋ねた。「西脇さんは新崎芽衣奈の死因がテトロドトキシンだったことを知っていたのですか」

西脇は瀬乃に救いを求めるように言った。「あれはよお、俺なんかより嬢ちゃんのほうが詳しいんじゃねえのか。だからわざわざ言う必要はねえと思ったんだ。なあ瀬乃」

京香は畳みかけるように尋ねた。「聞きたいことはもう一つあります。なぜ西脇さんが三笠の死因を知っているのですか。彼女が死んだのはうちの管区外のはずです」

西脇は開き直ったように答えた。「三笠が住んでたマンションは愛宕《あたご》署の管区だ。なんだ忘れちまったか？　例の薬科大生の事案でお前さん、何度も愛宕署の鑑識に押しかけただろうが。それ以来、向こうさんとは鑑識同士で情報を共有してんだよ」

確かに京香は一年半前、薬科大生が作った危険な薬を追うべく近隣の所轄に出向いては検視報告書を何度も請求していた。その件で瀬乃や大崎署に迷惑をかけてしまったことは今も反省している。しかし西脇の態度はそんな京香の後ろめたさを利用して何か重要なことを隠しているようにしか見えなかった。

荻堂が口を挟むように言った。「その薬がどちらであったとしても、このままあの動画が拡散していけば世間は嫌でもあの薬に注目することになります。そうなれば本部だっていよいよこの件に関与せざるを得ないはずです。彼女が何かの事件に巻き込まれたと考える人だってきっと……」

瀬乃が荻堂の言葉を遮った。「本部がこの件に関わることはない。そしてあの動画を見る限り、三笠が被害者だったという線も消えた」

荻堂は会議机に手を叩きつけて言った。「ならば、彼女は誰かに利用されたに違いありません！」

いつもは上司の前では緊張で発言すらできない荻堂からは考えられない態度だった。

やはりこの会議室には何か重大な秘密が隠されている、と京香は確信した。

京香は立ち上がり、瀬乃を見据えた。

「瀬乃さんは、薬科大生たちが引き起こした一連の事案は本部から口止めされたため、事件として扱うことができなかったと言いました。しかし実際は、大崎署が本部に報告をしなかったのですね。さらには三笠ほのか、鮎川翔、そして新崎芽衣奈の検視結果さえも隠蔽しようとしている。この大崎署は、一体何を隠しているんですか」

瀬乃は黒い街を映す窓に近づき、夜の山手通りを見つめながら言った。

「安西が休職していた一年間、俺たちはセリーヌをある人物と特定し、その行動を監視していた」

「おい、いいのかよ」と西脇が口を挟んだ。

「構わない。安西はもう気づいているはずだ」

「三笠ほのかですね」と京香は言った。

荻堂は視線を落としたまま黙っていた。

京香は力なく項垂《うなだ》れる荻堂を見て察した。彼は三笠がセリーヌであることを知っていたのだ。

「三笠に関する情報ばかりを報告してきたのは、私を彼女に近づけるためだったのね。彼女の疑いが晴れる可能性を探るために」と京香は荻堂に言った。

「すみません」と荻堂は肩を竦めた。

その言葉は京香だけではなく、瀬乃や西脇にも向けられたものに聞こえた。

「だが三笠がセリーヌである可能性を最初に疑ったのは荻堂だったんだ」と瀬乃は荻堂を庇うように言った。

京香はあらためて荻堂を見つめた。

荻堂は京香の視線に答えた。「例の薬科大生の事案が解決して安西さんが休職した頃から、SNSでの彼女の投稿が急におかしくなり始めたんです。死神という言葉だけでなく、死ぬ権利についてや、例の薬を持っているような、そんなコメントが徐々に目立つようになっていきました。しかしその事案は安西さんと僕で解決したはずでした。それでなんだか怖くなって、瀬乃さんに報告したんです。その時はまさかセリーヌという言葉にもう一つの意味があるなんて思ってもいませんでした……」

「しかし瀬乃さんが監視していたのは三笠ではないわ」と京香は言った。

「どういう、ことですか？」と荻堂は顔を上げた。

「狙いは彼女の背後にいる死神だったのですね」と京香は瀬乃に言った。

「……まさか、雨宮が」と荻堂が言った。

やはり荻堂は雨宮の件は知らされていなかったようだ。彼は三笠に何らかの疑いがかけられていることを知り、単にその疑いを晴らしたい一心だったのだろう。

「俺は雨宮が知名度のある三笠を利用し、薬の販売を再開させる計画を立てていると考えていた」と瀬乃は言った。

「雨宮は金に困っていたのですか」と京香は尋ねた。

「奴の会社は不自然なほどの大きな資本金をもとに始まった会社だった。その出所は調べようがないが、恐らくは薬を売って稼いだ金で設立したのだろう。だがここ数年の奴の会社の経営状況を調べると、すでに債務超過の状態が何年も続いている。三笠の人気で得た収益を全て投資に回し、それがことごとく裏目に出たんだ。そのため現在は所有する資産を売り払いながらどうにか会社を回している状況だ」

「そこで過去に売り捌いていた薬の販売を再開しようと？」

「ああ。恐らくまだ当時の薬がどこかに残っていたのだろうな」

「それで雨宮はほのりんを利用して……いえ、彼女は何年もの間、その薬を餌に雨宮に利用されていたということですね」と荻堂は歯を食いしばるように言った。

「三笠は何年も前からその薬によって心を蝕まれていたのだと思う。そして雨宮は、彼女があの薬を使用して実際に死ぬ動画を配信し、その薬の需要を高めようとした」と京香は言った。

「だとしたら、なぜその動画が今になって配信されたんでしょうか？」と荻堂は尋ねた。

「鮎川が動画をアップロードした理由は分からない。しかし彼の母親から聞いた話を踏まえれば、彼はただ三笠を支えたい一心で雨宮の事務所に入ったはず。そしてその気持ちは彼女が亡くなってからも変わらなかった。だからこそ鮎川は自らが亡くなる直前まで躊躇っていたんだと思う」

「躊躇っていた……確かにそう考えれば彼女が亡くなった日から動画のアップロードが半年以上も遅れたことの辻褄も合います。もしかすると雨宮は、鮎川に薬の販売までやらせようとしていたのではないでしょうか」

「三笠の死後すぐに事務所を辞め、雨宮からの連絡に一切応じなかったことを踏まえればその可能性も十分に考えられるわ」と京香は言った。

翔が雨宮の悪事に加担させられていたと考える理由はもう一つあった。それは翔が話してくれた空を飛ぶ夢の話だった。そこには、今の状況から逃げ出したいという意味があったからだ。そして翔は逃げることに疲れ、遂にはその薬を飲んでしまった。京香は翔が自殺に至った理由をそう推察していた。

「そこまで分かってるのなら、すぐに雨宮を逮捕しましょうよ！」と荻堂は勢いよく立ち上がった。

「おいおい、一体なんの罪でしょっぴくってんだ？　第一、それができりゃあ俺たちはこんなに苦労はしてねえぜ」と西脇が吐き捨てるように言った。

荻堂は西脇の眼光に萎縮したように腰を下ろした。

「雨宮を逮捕できない理由があるのですか」と京香は尋ねた。

「あの男は死神ではないからだ」と瀬乃は言った。

「そんなはずは……」

体から力が抜けたように言葉が漏れた。

京香は確かにあの男をあの浜辺で見ているはずである。そしてその男に会ったことがきっかけとなり父を失ったと分かった京香は、心に大きなトラウマを抱えた。その結果、男の記憶を失うという心因性記憶障害を罹患したのだ。京香は確かにそこで雨宮に会っているはずだった。

窓際に立った瀬乃は深夜の街に語りかけるように話を始めた。

「一三年前、俺は安西のお父さんが追っていた組織の主要人物を薬物密売とは別の容疑で逮捕した。そいつらはインターネット上に架空の教団を作り上げ、たった一錠で死ぬことができる薬を販売する悪徳組織だった。だが俺がその一人を逮捕したことで、麻取は何年もの時間をかけてようやく掴んだその組織の捜査から手を引かざるを得ない状況になった。そしてその一件は、奴らを利するだけの結果となってしまった。

だから俺は、奴らが再び活動を開始する日をじっと待つことにした。たとえ過去の事案で奴らを挙げられなくとも、奴らが新たな罪を犯せば検挙できると考えたからだ。だがどういう訳か、その日を境にその組織の活動はぱったりと止まってしまった。それどころか、組織そのものが跡形もなく消えてしまったんだ」

京香は瀬乃の背中に尋ねた。「瀬乃さんが逮捕した人物とは、一体誰だったのですか」

「そいつが組織のリーダーだったんだ。そして奴は今、刑務所の中で刑期が終わるのをじっと待っている」

「つまり誤認逮捕……ということですか」と荻堂が言った。

瀬乃はゆっくりと頷いて言った。「俺が逮捕したのは雨宮也道《なりみち》、奴の兄だったんだ。奴らは腹違いの兄弟ではあったが顔も体型も良く似ていたため、不覚にも俺はそれに気づけなかった」

「つまり警視庁は厚労省が何年もかけてマークしていたホシを捕まえてしまっただけではなく、それが誤認逮捕だったことが表沙汰になることを恐れ、検挙した也道のほうをそのまま別の罪で送検したということですね」

「いや、俺は也道の罠に嵌まったんだ」と瀬乃が言った。

「也道はわざと弟の罪を被ったと？」

「ああ。逮捕時の状況を何度思い返しても、也道が弟になりすましていたとしか考えられない」

「でもその組織は捜査の手を逃れたんですよね。ということは単に也道だけが刑期を食らうという貧乏くじを引いたことになりませんか？」と荻堂が言った。

「それは結果論だ。当時の也道はそれほどまでに麻取に追い詰められていたんだ」と瀬乃が言った。

「いざとなれば自分の組織が犯した罪を弟に着せることもできる。それで也道は刑務所に逃げ込んだのですね」と京香は言った。

「しかし雨宮は今も兄が自分の身代わりになってくれたと考えている」と瀬乃は窓の外を見つめながら言った。

「つまり雨宮は、兄の也道には逆らえないということか……」と荻堂は呟いた。

「死神は俺たちの手の届かないところにいるんだ」と瀬乃は夜の街に言った。

京香は三笠が最後にＳＮＳに投稿した言葉の意味をようやく理解した。

黒いガラスに映る瀬乃の姿が、古い写真に映り込んでいた父に重なって見えた。

生活安全課員たちの会話はそこで途切れ、沈黙が室内を支配した。

西脇が縒れたジャケットの内ポケットから煙草を取り出して咥えた。

冷ややかな視線が西脇に集まった。

「なんだよ。火なんか点けねえよ」と西脇は続けた。「もう分かったとは思うが、瀬乃はずっと雨宮の監視を続けてきたんだ。しょっぴくこともできず、時折奴の事務所の前で監視を続けるだけだ。たとえどんな容疑であろうと俺たちが雨宮を捕まえれば、警視庁と厚労省が直隠《ひたかく》しにしてきた汚点が明るみに出ちまうからな。誤認逮捕だったことが表沙汰になるばかりか、そいつが麻取がマークしていた組織のリーダーだったとなりゃあ、マスコミは容赦なく過去の事件を掘り下げるだろうよ」

西脇は咥え煙草を唇からそっと引き抜いた。

「嬢ちゃんには想像できるか。自分の刑事人生をぶち壊した殺人犯が目の前にいるのに捕まえることもできず、ただ監視するしかできねえ悔しさを」

西脇の手から、握りつぶされた煙草の破片がこぼれ落ちていた。

「父を死に追い詰めたのも雨宮だった。だから瀬乃さんはその事実を隠し、私を雨宮から遠ざけようとした。それが、私をこの大崎署から遠ざけようとしていた本当の理由だったのですね」

瀬乃は何も答えずに街が作り出す光と闇を見つめていた。

押し静まったその部屋には、山手通りを行き交う車両の音だけが聞こえていた。

京香は重い沈黙を破った。

「もう一度、雨宮のもとへ行かせて下さい。たとえ過去の事案で奴を送検できなくても、三笠や鮎川が使用した薬との繋がりさえ見つけることができれば、奴の身柄を拘束することくらいはできるはずです」

荻堂が立ち上がって言った。「僕からもお願いします。あの動画を消すことはできないかもしれませんが、残っている薬を回収することはできるはずです」

「俺はしがねえ鑑識だ。言い訳にしか聞こえねえかもしれねえけどよ、俺たちは犯罪が起きた後にしか動くことができねえ。だがお前らは違う。生活安全課は住民を犯罪から未然に守ることが仕事だ」

西脇はゆっくりと立ち上がって続けた。

「それを俺に教えてくれたのは、この嬢ちゃんだった。一年半前、彼女は俺にそれを証明して見せてくれたんだ。任せてもいいんじゃねえか、安西ならよ」

瀬乃はゆっくりと窓を離れ、京香に正対した。

「俺は安西さんには返しきれないほどの借りがある。だからこそ、お前だけには、この件を担当させる訳にはいかない。捜一への出向はすでに決まったことだ。この大崎署にお前の居場所はない」

「そんな……」と荻堂が口を開いた。

西脇の大きなため息が会議室に響いた。

「分かりました。そうまでして私をこの大崎署から追い出したいのなら、私のほうから出ていきます」

京香は鞄から警察手帳を取り出し、会議机に叩きつけるように置いてその部屋を出た。

青い光に染まった二本の空き缶がベッドサイドテーブルの上に置かれていた。

他に行くべき場所も、すべきこともない。観たいテレビ番組も、行きつけの店も、夜更けに話を聞いてくれる相手さえ京香には思い浮かばなかった。警察を辞めた自由への対価として思いついたことと言えば、コンビニで買った缶チューハイを自分の部屋で思い切り飲むことくらいだった。

三本目の空き缶をベッドサイドテーブルに置くと、缶の一つが押し出されて落ちた。床に転がった銀色の缶が水槽の光に虚しく照らされていた。

復帰から二ヶ月も経たないうちにこの有様である。京香は自分を哀れむほかなかった。自由の身になったにもかかわらず、行くあてもなく狭い部屋のベッドの上で安い酒を飲むことしかできない。それが今の自分なのだ、と京香は新たな缶を唇に引き寄せた。

四角い光が京香の足もとを照らした。その光に共鳴するように、ベッドが京香に振動を伝えた。

大崎署から貸与された携帯電話は先ほど会議室を飛び出した勢いで一階の警務課に返したため、今振動をしているのは京香のプライベートのスマートフォンである。

京香はベッドサイドテーブルに飲みかけの缶を置き、その震源を手繰り寄せた。

眩しいディスプレイに目を細めると『瀬乃課長』と表示されていた。

もう何度目だろうか。瀬乃は先ほどから何度も京香のスマートフォンを震わせていた。

京香はスマートフォンをベッドに投げ捨てた。

暫くすると、その振動は光と共に消えた。

「なによ今さら……」と京香は再び銀色の缶を手にした。

京香は休職中ずっと瀬乃からの電話を待っていたのだ。

だが、瀬乃が京香を大崎署から遠ざけようとしていた理由はようやく得心した。

そこに犯人がいるのに捕まえることさえできない……。

月明かりに照らされた瀬乃の言葉が、京香の耳管の中で響いていた。あの言葉は瀬乃自身に向けられた言葉だったのだ。そして瀬乃は、その呪縛をずっと一人で抱えていたのだ。

京香の父を死に追い詰めたのは雨宮だ。そして京香があの浜辺で見た男も雨宮だった。だからこそ瀬乃は自分と同じ呪縛を京香に背負わせたくなかったのだ。だが瀬乃が京香に真実を隠していた理由はそれだけではない。その真実を知られれば、京香は迷わず雨宮のもとに向かうと考えていたのだ。

その通りだった。そこに父を殺した犯人がいるのに捕まえられないなんて、そんな馬鹿な話が一体どこにあるというのだ。警視庁の失態など京香にとってはどうでもよいことだ。雨宮の背後に誰がいようが関係ない。今すぐにでも奴の所へ向かい、どんな容疑であろうが身柄を拘束したかった。あの男が犯した罪を片っ端から償わせたかった。奴は父を死に追い込んだ張本人なのだ。父の死は母を苦しめ、そして残された栞里や京香をも苦しめたのだ。許せるはずがなかった。父を死に追いやった男は目の前にいるのだ。それをただ監視し続けるなど、京香には想像することさえ耐え難かった。

だが瀬乃はその耐え難い苦しみを一三年間も味わっていたのだ。そして京香はそんな瀬乃に守られていたことも知らず、大崎署の中でのうのうと刑事を続けていたのだ。

京香は重い鎖を振り解くように体を起こし、ベッドから降りた。足もとがふらつき、壁に手をついた。だいぶ酔いが回っているようだ。

部屋の床には脱ぎ捨てられた服や空き缶、そしてゴミが散乱していた。考えてみれば京香は大崎署に復帰して以来、部屋を掃除していなかった。忙しかったと言ってしまえばそれまでだが、今ではそんな言い訳さえ使うことができなくなってしまった。

京香は椅子を取り出し、円柱型の水槽と対面するように腰を下ろした。

青白い光に顔を近づけると、カラージェリーたちはいつもと同じようにサーキュレーターが作り出す水流に身を任せていた。二桶のくらげがふわふわと互いの触手を絡み合わせるように近づき、離れていった。京香はそんな彼らの姿に、自分と翔の関係を重ねた。

翔の目に私はどんなふうに映っていたのだろう。いや、私は翔をどんなふうに見ていたのだろう……。

考えたところで答えは見つからなかった。京香は翔のことを何も知らなかったのだからそれも当然である。翔のことを知ったのは、彼がこの世界からいなくなってからのことなのだ。

京香はふわふわと漂う一桶のくらげに言った。

「あなたも散らかった部屋が好きだったのね……」

それは昌代が教えてくれた翔の秘密だった。

京香はあらためて昌代との会話を思い返した。昌代は翔の部屋が不自然なほど片付いていたことに違和感を覚えたようだった。つまり他人が息子の部屋に入ったのではないかと感じたのだ。

それがなんの裏付けもない母の勘であると言ってしまえばそれまでである。だが京香は母の勘を軽んじてはならないということを、よく知っていた。どんな捜査においても母の言葉は重要な証言となることが多いからだ。

そして昌代は翔が家賃を滞納していたため、大家が部屋に入って様子を見たのだと考えているようだった。しかし家賃を滞納したからといって借主の部屋に勝手に入れば、それがたとえ貸主であったとしても住居侵入罪にあたり処罰の対象となる。貸主であれば当然その辺りの知識を持ち合わせているはずである。

やはり翔の部屋で何かを探していた人物は雨宮だったと考えるほうが理屈に合う。では雨宮はそこで一体何を探していたのだろうか。思い浮かぶ答えは一つしかない。たった一錠で死ぬことができる薬だ。だがなぜそんな物が翔の部屋にあるのか。京香は何か大切なことを見落としているような気がしてならなかった。

見つめていた水槽の光が眩しくなり、固く目を閉じた。

酔いが回っているのか、ようやく睡魔が訪れたのか、京香の思考は自分でも認識できるほど鈍っていた。

京香は酔いを醒ますために洗面台へと向かった。

ブラウスを脱いで洗濯機に投げ入れ、蛇口のハンドルを倒して顔を洗い、そのまま洗面台に頭を突っ込んだ。ついでに飲んだ酒と同じほどの水を体に流し込んだ。

冷たい血液が京香の体を駆け巡っていくようだった。

タオルで水を拭き取り鏡を見ると、そこにはくらげのペンダントトップを下げた自分の姿があった。

二人の京香が鏡を挟んで向かい合っていた。

一方の京香は過去を見つめ、もう一方の京香は現在を見つめているようだった。

京香はもう一方の自分の瞳を覗き込むように鏡に顔を近づけた。もはや本当の自分がどちらなのかも分からなかった。

「翔の目に私はどんなふうに映っていたのだろう……」

京香は鏡の中にいる自分に問いかけた。

返事はなかった。その代わりに鏡に映し出されたのは、鍛えられた京香の体だった。

京香は服を着ていると華奢に見られることが多いのだが、日頃から大崎署の道場で逮捕術や合気道などの訓練や稽古を行っているため体は引き締まっていた。刑事はいつどんな時も犯罪者と対峙できるよう、鍛錬を重ねておかなければならない職業なのだ。

京香はあらためて鏡に映し出された自分を見つめた。

「私は刑事として映ってたんだ」と京香は自らの問いに答えを出した。

髪の先から落ちる滴をタオルで拭こうとすると、その指先が自分の言葉に反応したように停止した。翔は私のことを刑事として認識していた。その視点で翔の行動を再考すれば、見落としている何かが見えてくるような気がしたのだ。

京香は蛇口のハンドルを倒し、もう一度顔を洗って自らの呼吸を整えた。そして三笠ほのかの自殺を巡るこれまでの自分の考えを整理した。

翔が事務所を辞めたのは三笠が自殺した直後だった。従って彼がアパートに帰らなくなったのも同じ時期のはずである。つまり翔は三笠が死んだ時点で、雨宮から逃げる決意をしたということになる。

そこで一つの疑問が生じる。それは、翔は三笠が死ぬ以前から薬の存在を知っていたかどうかだ。京香は翔がその存在を知っていた可能性が高いと考えていた。なぜなら翔は役者の夢を捨て、彼女のマネージャーになる道を選んだからだ。三笠は過去に自殺未遂を起こしたことがあるほど心に深い傷を抱えていた。だからこそ翔は三笠を支え、彼女を守ることを決心したのだ。一方の三笠もまた、翔の支えを頼りに芸能活動を続けていたはずだ。そんな二人の関係を考慮すれば、三笠がその薬を持っていることを翔が知っていてもおかしくはないと京香は推察していた。

だがもう一つ大きな問題があった。それは、三笠がその薬を誰から入手したかである。三笠への検視によってイルカンジクラゲの毒が検出されたことを考えれば、彼女は死神と呼ばれるセリーヌからその薬を手に入れたことは間違いない。つまりそれは雨宮の兄、也道ということになる。だが也道は刑務所の中にいる。それぞれの関係を辿っていけば、三笠にその薬を渡すことができるのはやはり雨宮しかいなかった。そして三笠はその薬を餌に雨宮に利用され、最後は自ら命を落とした……。

ここまでが、三笠ほのかの自殺を巡る一連の京香の考察だった。

だが雨宮が翔のアパートでその薬を探していた理由がどうしても分からなかった。それが事実であれば、翔がその薬を持っていたことになってしまうからだ。

京香は鏡に映る自分を見つめた。そこには刑事である自分の姿があった。いや、刑事でありたいと願う自分の姿かもしれない。

京香はそんな二人の自分を重ね合わせるように言った。

「三笠に薬を渡したのが雨宮ではなかったとしたら……」

新たに生じた問いが、一方向だけに進んでいた思考を別の方向へと導き始めた。それは、三笠にその薬を渡したのは翔だったという可能性である。

この先は推測でしかない。しかし新たな方向へと進み始めた思考を、京香は止めることはできなかった。

翔は雨宮の事務所に入る以前から、三笠が抱えていた心の病を案じていた。そこで翔は父親のように慕っていた雨宮に、彼女の心を少しでも楽にできる方法はないかと相談を持ちかける。すると翔は雨宮からある薬の存在を打ち明けられる。それは、たった一錠で死ぬことができるという薬だった。だが翔はそんな薬の力など信じてはいなかった。むしろそれは雨宮が三笠のために考え出した『お守り』と捉え、翔はそれを彼女にプレゼントしたのだ。そしてそのお守りを受け取った三笠は見違えたように輝き始め、人気アイドルへの階段を駆け上がっていく。だが翔はそんな恋人の成功を喜ぶと同時に、そのお守りに不信感を抱くようになる。それは本当に死ぬことができる薬なのではないかと。そんな矢先、三笠がそのお守りを使って本当に死んでしまう。そして翔は三笠の部屋でその様子を撮影していたスマートフォンを発見し、雨宮の恐ろしい計画を知る……。

全ては京香の推測でしかない。だが思考は止まらなかった。

愛する恋人を利用されたと知った翔は雨宮を殺したいほど憎んだはずだ。同時にそんな異常な薬を持っていた男が恐ろしくてたまらなかっただろう。それ故に翔は雨宮からその薬を盗み、逃げ出したのだ。いや、雨宮が盗まれたと認識していた物は薬だけではなかった。彼は翔が三笠のスマートフォンから抜き出した動画も探していたのだ。

そして、夜の街に身を隠すような生活を続けていた翔は一人の女性と出会う。

刑事である私と……。

京香は得体の知れない悪寒を覚えた。

もし京香の推測が正しければ、この部屋にそれが隠されている可能性があるからだ。

高鳴る鼓動が部屋中に鳴り響いていた。

京香は凍りついた体を無理やり動かすように、自分の部屋の中を一つ一つ確認した。

洗面台、浴室、トイレタンク、キッチン、冷蔵庫、クローゼット、そしてベランダ……。

その全てを隅々まで確認したが、不審な物は見つからなかった。

続いて京香はベッドの下を覗き込み、スマートフォンの光で照らした。

埃だらけの床には、丸められたコンビニのレシートや菓子パンの袋くらいしか見当たらなかった。

残る場所は一つだった。もしそこに何もなければ、翔に関する京香の推測はただの妄想で終わる。だがそれが見つかれば、京香の推測は事実へと変わる。

深呼吸を何度も繰り返した。だが鼓動は一向に鎮まらなかった。

京香は覚悟を決め、ベッドのクッションを掴み、一気に持ち上げた。

クッションの下には、見覚えのない茶色の紙袋がぽつんと置かれていた。

京香は震える指先でその袋の中を確認した。

そこには透明なプラスチックとアルミでできたシートが何枚も入っていた。シートの中には一センチ弱の白い球体が整然と並んでいる。ざっと数えただけでも一〇〇錠近くはありそうだった。そしてそれらは、三笠が動画の中で飲んだ薬と同じ形をしていた。

あろうことか、その薬は京香の部屋にあったのだ。

京香は翔が動画をアップロードした理由を察した。翔はこの部屋に薬を隠し、さらに動画がやがて京香の目にふれることを予想し、薬と三笠の繋がりを刑事である京香に知らせようとしたのだ。

京香は思わず膝を落とした。

刹那、床が大袈裟な音を立てた。
音の原因はベッドのクッションを持ち上げた際に床に落ちたスマートフォンだった。
振動はすぐに終わった。
メッセージを受信した合図だったようだ。
京香はスマートフォンを拾い上げ、画面を表示させた。
メッセージは荻堂からだった。
『雨宮の遺体が発見されました』
京香の長い夏の一日は、そのメッセージと共に終わった。

終章　白い部屋のモルモット

八月も終わりを迎えようとする日の午後、安西京香は東京都府中市にある府中刑務所の面会室である男を待っていた。

法務省東京矯正管区に属する府中刑務所は、二八四二名まで収容できる日本最大の刑務所である。府中刑務所は葛飾区にある東京拘置所と混同されることが多いが、それぞれ違う目的のもとに建てられた施設である。刑務所は裁判で刑が確定した人が入る施設であり、拘置所は送検されてから裁判で刑が確定するまでの未決囚及び死刑確定者が入所する施設なのだ。どちらにせよ多くの人には縁のない世界であり、できることなら一生関わることのない施設であって欲しいと京香は願っていた。

面会室は一〇畳ほどの広さだった。部屋の真ん中は白い壁で仕切られており、それをくり抜くように分厚い透明のアクリル板が嵌め込まれている。そしてそれには互いの声を通すための幾つかの小さな穴が空けられていた。互いの部屋に窓はなく、あるのはそれぞれの部屋に入る扉と、パイプ椅子くらいだった。しかし面会者側にはエアコンが付いているため、京香が座っている部屋は涼しかった。

正面の扉が開き、刑務官に続いて雨宮也道が入って来た。

也道は京香の向かいに用意されたパイプ椅子にゆっくりと腰を下ろした。

刑務官は也道が椅子に座ったことを確認すると、扉の前で立ったままノートを広げた。

頭を丸刈りにした也道は上下グレーの作業服を着ていた。頬は痩《こ》け、体も痩せ細っているため、このまま社会に出れば病人のように映るかもしれない。だが也道の肌艶は悪くはなかった。五〇代後半という彼の年齢を考慮すればかなり若く見えるだろう。

しかし京香は雨宮の顔が思い出せないため、彼らが似ているかさえも分からなかった。京香は也道の顔をつぶさに観察して目を閉じた。頬の痩けた也道の顔が瞼の裏にしっかりと浮かび上がった。やはりあの浜辺で見た男は也道ではなく、彼の弟で間違いないようだ。

也道は大きく息を吸い込んで言った。

「女の香りだ」

京香は身を引いた。

「不快な気持ちにさせてしまったかい？　雅也以外、僕に面会に来る人なんていないからさあ。しかも君のような美人をこんなに間近で見ることなんて滅多にない」

京香は睨《ね》めつけてくるような也道の視線を堪えた。

「ああ、君も雅也が死んだことを僕に伝えに来たのか。もちろん聞いてるよ。あいつは結局、僕の指示なしでは何もできない奴だったんだ。おかげで僕が苦労して築き上げた資産は全て消えてしまったんでしょ。君はそれを僕に伝えに来たんだね」と也道は京香に顔を近づけて小声で続けた。「あと数年で刑期も終わるというのに、まったく迷惑な話だよ。君もそう思わない？」

京香は答えなかった。弟の死さえ悼むことのない男を前に、自身の恐怖を隠すことで必死だったからだ。

「わざわざ来てもらったのに、僕はどうやら君の仕事を奪ってしまったようだね。でも女性とこうして話す機会なんてそうあるものではない。よかったら少しだけ僕の話に付き合ってくれないか？」

京香は返事をする代わりに、也道の目をまっすぐに見つめ返した。

「そう。付き合ってくれるんだね。ああ、時間は取らせないよ。でもね、この話はここの連中にしてやるとみんな食い入るようにして聞いてくれるんだ。だから僕に会いに来てくれた君にも、せっかくだから聞かせてあげるよ」

也道は親の許しを得た子供のような顔を浮かべると、嬉しそうに話を始めた。

「僕には父がいなくてね、物心ついた時からずっと母と二人暮らしだったんだ。ああ誤解しないでくれ。同情して欲しいとかそういう話ではないんだ。たとえ父がいなくても僕は幸せだったんだから。だって世の中には両親の顔さえ知らずに死んでいく人だっているんだろう。そういう意味では、僕は少なくとも母という掛け替えのない存在と一緒に暮らすことができたんだし、家族に対しては何の不満も持ってはいないよ。

だからね。お前なんか産むんじゃなかったって、毎日のように言われても僕は全然平気だった。家に帰ってもなるべく母の視界に入らないように身を潜めていたし、食事の支度はちゃんと自分でしていたからね。足音さえ立てないように生活していたさ。ああ、トイレの水さえ流さなかったっけ。だって少しでも母の癇に障るようなことをすれば、僕は捨てられると思っていたから。

それに母は依存症を抱えていたんだ。僕の給食費でお酒を買いに行かされたことも何度もあった。母はお酒が切れるとすぐに死にたいって言い出すから断れなかったんだ。そしてお金が無くなると、知らない男を家に連れ込んでは僕を押し入れに閉じ込めたりしてね。

でも僕はじっと我慢していたよ。知っていたからね。母は心の病気だってことを。僕はそんな母が可愛そうだと思ってたんだ。だからそんな母の病気をいつか治してあげようと思って一生懸命勉強をした。それで奨学金で薬学部がある大学に入った」

也道は小さな穴から京香を覗き込むように見つめていた。

京香は思わず身を引きたくなったが歯を食いしばって耐えた。

「退屈かい？　この話をする時は、つい前置きが長くなってしまうんだ。ここからが本題だ。大学に入ってからはね、僕は迷うことなく心の病を治す薬の研究に励んだ。そこは脳の研究に力を入れていた大学だったからね、設備も整っていたし僕は様々な研究をやらせてもらったんだ。

中でも動物を使った実験には夢中になったよ。モルモットにレゼルピンという薬を注入するんだ。するとモルモットの脳内からノルアドレナリンを枯渇させることができる。そうやって交感神経の影響を強引に排除させていくんだけどね、それを続けるとどうなると思う？　なんと、モルモットを鬱病にさせることができるんだ。面白いだろう。

そこで学んだことは本当に興味深かった。人の心なんて薬一つで簡単に変えられるってことを学んだよ。そして僕はそんな研究を続けるうちにある事実に気づいてしまったんだ。いや、薬という存在そのものに新しい可能性を見つけた、と言ったほうが正しいかもしれないな」

刑務官は会話の内容をメモすることもなく扉の前で立っている。

也道は得意げに話を続けた。

「そこで僕はある実験をしてみることにした。モルモットに二種類の水を与える実験だ。一方には普通の水、そしてもう一方には致死量を超える毒を入れた水を用意したんだ。舐めるだけで即死してしまうほどのくらげの猛毒を入れた水をね。但し、普通の水には刺激の強い臭気を加えておいた。そして僕はその部屋で暮らす彼らを暫く観察した。

当然何匹かのモルモットは無臭の水を飲んで死んだよ。そして僕は彼らの死体をそのまま放置した。彼らにその水を飲むと死ぬということを学習させるためにね。すると生き残ったモルモットたちは刺激臭がするほうの水を飲み始めた。匂いがしない水を飲んだら死ぬと学んでいるのだから当然だよね。

それでね、今度は生き残った彼ら全員にレゼルピンを投与したんだ。そして僕は彼らをじっと観察した。彼らは部屋の隅で夜も眠れずにずっと震えていたよ。そうかと思えば突然自傷行為を繰り返したり、お互いを殺す寸前まで傷つけあったりすることもあった。ああ、自分の指を噛み切った者もいたっけ。

正直言って見ていられないほど残酷な実験だったよ。でも僕はじっと彼らの観察を続けた。だって実験とはそういうものでしょう。人間は彼らの犠牲のもとに現在の医学の恩恵を享受しているのだからね。でも今となっては、彼らの気持ちが少し分かるような気がするよ」

也道は窓のない白い室内を見渡して続けた。

「さて、実験もいよいよ最終段階だ。僕は彼らから臭気を加えた水、つまり普通の水を取り上げたんだ。ああ、僕を残忍な人間だと誤解しないで欲しい。僕は彼らに救いの手を差し伸べたんだから。心を病んでしまった彼らが救われる唯一の方法をね。彼らは部屋の中に残された水をじっと見つめていたよ。舐めるだけで死ぬことができるその薬を……。彼ら、その後どうなったと思う？」

也道は分厚いアクリル板に顔をくっ付けるように身を乗り出していた。

京香は也道を睨みつけ、静かに言った。

「あなたの気色悪い実験なんて興味ない」

也道は謎かけの答えを探すような表情をして、暫く京香の顔を見つめていた。

「あなたはただ、父が行っていた研究を勝手に真似て、モルモットを使って試していただけよ。そしてそれだけでは飽き足らず、今度は人間で試し始めた」

母から聞くまでは知らなかったことだが、京香の父は学生時代に諸種薬物中毒とその解毒作用に関する研究を行い、その道の研究者になることを目指していたのだ。

也道は小さな穴に目玉を擦り付けるように京香を見つめた。

「……そう、君だったの。僕は君のお父さんも誘ったんだよ。君が作り出した薬はとてつもない需要を秘めている、そして将来必ず多くの人々を救うことになるだろうとね。僕は何度も君のお父さんを説得したよ。頭を下げてさ。でもあいつは……この僕の誘いを断りやがった！」

狭い室内に不快な音が響いた。也道がアクリル板を思い切り叩いたのだ。

京香は動揺する刑務官に視線で合図を送った。

刑務官は理解したように頷き、再び扉の前で姿勢を正した。

「勘違いしないで。父が研究していたのは毒性ではなく、薬物中毒とその解毒作用の関係の証明だった。しかし同じ研究室にいたあなたはあろうことかその毒性だけに目をつけ、大学を辞めて違法なビジネスに手を染めた。そしてそれに気づいた父は責任を感じ、厚生労働省に入省してあなたを追った」

意外な事実ではあるが、麻薬取締部には薬学部の出身者が多い。麻薬取締官には薬学や法学などの専門的な知識が求められており、その採用に於いても国家公務員採用Ⅱ種の合格者か薬剤師免許所有者といった条件が定められている。そのため薬学部に通う学生が、在学中に厚生労働省地方厚生局の採用担当者からスカウトされるケースも少なくないのだ。

落ち着きを取り戻した也道が言った。「まさか君のお父さんに追われているなんて考えてもいなかったよ。しかし不思議な話だと思わないかい？　君のお父さんは自分でその薬を作っておきながら、それを追いかけていたなんて」

「あなたは自分に迫っていた存在が父だと気付き、もう逃げられないと悟って弟が犯した罪を被り、刑務所へ逃げ込んだ。そしていざとなれば自分の罪を弟に着せる腹積りだった」

也道は口元をだらしなく緩めて言った。「それは君の推論だろう？　それに弟はもうこの世にはいないんだ。今さら昔のことを穿《ほじく》り返したところで何が出て来るというんだよ……ああ、君ら警察が犯した重大な失態なら出て来るだろうけどね」

也道は小刻みに笑って続けた。

「もしかして君は、そんなことを伝えたくてここへ来たのかい？」

京香は答えなかった。

「わざわざ来てもらって悪いんだけどさあ、君たちがいくら足掻いたところで、僕の刑期はあと数年で終わるんだ。でもね、おかげで楽しみが一つ増えたよ。だって外の世界で君とまた会えるんだから」と也道はゆっくりと腰を上げた。

「話はまだ終わってない！」

也道は京香の声に力が抜けたように腰を下ろした。

京香は刑務官に視線で合図を送った。

刑務官は小さく頷くと面会室から出て行った。

也道は異変に気づいた小動物のように、黒目だけを素早く動かしていた。

京香は構わず続けた。「私はあなたが弟の罪を被ってまで刑務所に入った理由をずっと考えていた。そしてようやくその答えに辿り着いた。二週間それと生活を共にして、初めてその意味が分かったの」

「……まさかお前」

「あなたの弟は、あなたに殺されたのよ。あなたが作った薬の力に抗えずに、遂には自らがその手に落ちた」

「おい、看守はどこに行ったんだ？　変な奴がいるんだ。今すぐ俺をこの部屋から出してくれ！」

「叫んでも無駄よ。ここにはあなたを助けようとする者など誰一人いないわ」

京香はポケットから一錠の薬を取り出し、也道に近づけた。

「あなたが刑務所に逃げ込んだのは弟の罪を被るためなんかではなかった。この薬から逃げるためだった。これを手にした者は心を蝕まれ、最後は必ずその命を奪われることを、あなたはよく知っていたでしょうから」

京香は也道に近づいて続けた。

「まさかその薬がここまで追いかけて来るとは考えてもいなかったでしょうね」

也道は部屋の隅に這いつくばるように逃げ、震えながら蹲《うずくま》った。

「刑期が終わるまであと数年あると言ったわね。今度はモルモットではなくあなた自身で試すといいわ」

京香は実験室のようなその部屋を後にした。


ビルの隙間から覗く夕陽に照らされた一枚の葉が、そっと地面に落ちた。

春になれば一斉にその花を咲かせる目黒川沿いの桜並木も、衰える気配をみせない夏の陽射しに参っているようだ。

目黒川は世田谷区の三宿付近で北沢川と烏山川が合流してできた河川である。南東へと続く全長約八キロメートルの川は、品川区の天王洲アイル駅付近で東京湾に流入してその終点を迎える。

京香と瀬乃は水流に逆らうように目黒川沿いの歩道を歩いていた。

夕陽が作り出した瀬乃の大きな影が、半歩後ろを歩く京香を包み込んでいるようだった。

京香は次々に通り過ぎていく桜の木を見つめながら言った。

「もう暫くすれば紅葉が始まって、全ては枯れ落ちてしまうんですよね」

瀬乃は空を見上げるように言った。

「春になればまた何事もなかったように桜の花が咲く。忘れてはならない真実も、忘れたくない思い出も、いつかはみんな土に還るように忘れ去られていくのだろうな」

「それを忘れることができず、前に進めない人もいます」と京香は言った。

「俺もそんな一人だったのかもしれない。だが時々思うんだ。前に進むだけが大切なことなのだろうかって」と瀬乃は立ち止まった。

「どういう意味ですか？」と京香も立ち止まった。

京香は再び瀬乃の影に包まれた。

瀬乃を窺ったが、夕陽の眩しさでその表情は見えなかった。

「大切な人を見守る人生ってのも、そう悪くはないんじゃないかと思ってな。まあ今の俺が何を言ったところで、出世を諦めたしがない刑事の言い訳にしか聞こえないか……」

瀬乃は歩道の脇に入り、目黒川を見下ろしながら続けた。

「だがな、俺はこの街が好きだ。そしてここが俺の生きるべき場所でもある」

京香は瀬乃が作り出す大きな影の始点を見つめた。そこは大崎署の管区の境界地点だった。

「私もこの街が好きです。そして大崎署こそが、私が生きることを許された唯一の世界だと思っていました」

京香も歩道の脇に入り、瀬乃の隣に並んだ。

黒い水面がゆっくりと大崎方面へと流れていた。

瀬乃は川に流されていく一枚の葉を眺めながら言った。

「安西はどうして、いや誰のために也道に会いに行った？」

流されていた葉が黒い水面に吸い込まれるように消えた。

「自分でもよく分からないんです。誰のために奴に会いに行ったのかも、何のために行ったのかさえも……」

瀬乃は川に沈んだ一枚の葉を探すように水面を眺めていた。

「でも、気は晴れました。それだけです。私は自分の気を晴らしたかっただけなのかもしれません。やっぱり私、刑事には向いていないですよね」

京香はジャケットの内ポケットから一錠分のサイズに切り取られたシートを取り出し、瀬乃に差し出した。

「これ、お返しします」

京香の掌に置かれた透明のプラスチックとアルミでできたシートの中には、一錠の白い薬が入っている。

瀬乃は差し出された薬を見つめながら慎重に尋ねた。「それで最後だな」

京香はゆっくりと頷いてから答えた。「全て、処分して下さい」

「分かった。カイシャに戻ったらすぐに西脇に処分させる」

「ありがとうございます」と京香は呟くように言った。

だが自分の掌に収まったその薬を手放すことに、体は抵抗を示していた。


一年半前、生きることに大きな失望を抱えた一人の大学生が、たった一錠で死ぬことができる薬を配布するという事案が発生した。しかしその事案を解決へと導いた京香でさえ、薬を見つけることはできなかった。いや、京香は配布されてしまった薬をすべて回収することはおろか、一つでも見つけることは不可能だと考えていた。なぜなら主作用が死ぬことであるはずの薬は、その副作用に生きる力を有していたからだ。生きることに失望した人たちにとって死ぬことができる薬は、その存在自体が希望となるのだ。もし彼らからその薬を取り上げるようなことをすれば、どのような結果が出るかは火を見るよりも明らかだった。だからこそ、京香は彼らからその希望を奪うことなどできないと考えていた。

しかしなんの因果かその薬は形を変え、京香のもとへと辿り着いた。広大な海を漂うボトルメールのように、京香のいる浜辺に漂着したのだ。だが京香はそれを偶然とは考えていなかった。なぜなら、それを運んだのは海に棲むくらげたちだからだ。幼い京香が父のジャケットに短冊を忍ばせたように、彼らはその薬を京香にしか届かないボトルメールに忍ばせたのだ。京香はその薬を手にした瞬間から、全身が包み込まれるような深い安らぎを味わっていた。そして自分にはこの薬を所有する資格があるとさえ思った。それは、父からの贈り物なのだと……。

失われた時間を埋め合わせるような穏やかな時間だけが京香の部屋の中に流れていた。いつの間にか、苦しんでいたはずの不眠症もすっかり治っていた。このお守りさえあれば穏やかな明日を迎えることができる。そう考えただけで安らかに眠ることができるようになったのだ。それさえあれば部屋の外へ出る必要も、食事さえも必要はなかった。父と過ごす日々を繰り返すことができるのであれば、他に何もいらなかった。

しかしそんな京香の悦びとは裏腹に、鏡に映る自分の姿は悲愴に満ちていた。そしてその姿は、それが自分であると認識することができないほどに痩せ痩けていた。だが日を追うごとに窶《やつ》れていく彼女の瞳は、異常なほどの輝きを宿していた。その姿は鏡の前に立つ京香に抵抗をしているようにも見えた。京香は珍しい生き物を観察するように、彼女を何日も見つめた。痩せ細っていく彼女を哀れに感じることさえあった。だが彼女の抵抗は続いた。それどころか、鏡の中に映る彼女の眼光は熱く鋭い輝きを増していった。

そして二週間が経った頃、京香はようやく正気を取り戻した。自分がその薬に取り憑かれていたことを知ったのだ。たった一錠で死ぬことができるという薬に、心を蝕まれていたのだ。

それを気付かせてくれたのは、刑事でありたいと願うもう一人の自分だった。


夕陽はビルの隙間にその姿を隠そうとしていた。

一錠の薬が京香の手の上で輝いている。

京香は瀬乃の手を取ると、それを大きな手の上に移した。

自分の一部が切り離されたような強い胸の痛みを覚えた。それと同時に、とてつもなく強力な引力から解き放たれたような感覚を味わっていた。

「これで、よかったんですよね……」

瀬乃は手の中の薬を見つめながら言った。

「答えなんて誰にも分からないさ。被害に遭う人、罪を犯す人、そして犯罪を取り締まる俺たち。完全な人間など、どこにもいないのだから」

「私たちは不完全な自分を受け入れながら前に進んで行くことしかできないのですね」

「そのようだな。まさか安西に気付かされるとは思いもしなかった」

瀬乃は照れ臭そうに言うと、薬をズボンのポケットに入れた。

京香は久しぶりに瀬乃の笑顔を見たような気がした。

「さて、俺は俺の居場所へ戻るとするか。お前はいよいよ明日から本部だろう」

京香は歩道に伸びる瀬乃の影を見つめながら言った。

「本当に、私なんかが捜一へ行ってもいいんでしょうか」

「もう決まったことだと言っただろう。それにもしお前が行かなければ、大崎署はまた本部に大きな借りを作っちまうことになる」

これ以上大崎署に迷惑をかけることは、京香も望んでいなかった。

「安西」

京香は瀬乃の言葉に身を引き締めた。

「俺の分まで思いっきり暴れてこい」

京香は敬礼をした。

二人の関係が上司と部下という本来の姿に戻れたようで心地好かった。

瀬乃は力強く頷くと、大崎署の管区へと戻って行った。

京香は自分を優しく包み込んでいた大きな影が見えなくなるまで、その背中を見つめていた。

いつしか夕陽はビルに隠れ、辺りは暗闇に包まれていた。

目黒川の黒い水面には歪んだ街灯の光が不気味に浮かんでいる。

京香はジャケットの内ポケットに手を入れ、小さく折り畳まれた厚紙を取り出した。

それは京香が幼い頃に作った短冊だった。

折り畳まれた短冊を丁寧に開いていくと、一センチにも満たない大きさの白い球体が姿を現した。

京香は街灯が作り出した小さな光の世界に閉じ込められたように立ち竦んでいた。

いきるりすく　了

この物語はフィクションです。
実在の人物や団体とは関係ありません。

平沼正樹（ひらぬま　まさしげ）

1974年生まれ。神奈川県小田原市出身。帝京大学文学部心理学科卒業後、アニメーション製作会社スタジオ4℃へ入社。2005年にウェルツアニメーションスタジオを設立し、日本初となる3Dアニメーション『アルトとふしぎな海の森』を監督。その後、オーディオドラマレーベルを発足し『キリノセカイ』（角川文庫より小説化）、『さくらノイズ』『盗聴探偵物語』『マネーロード』など数々の作品をプロデュース。2019年「しねるくすり」で第6回「暮らしの小説大賞」を受賞し、『しねるくすり』（ダイスケリチャード/画　産業編集センター/刊）として上梓。現在は株式会社ウェルツアニメーションスタジオの経営と、小説の執筆に専念している。

ブログ https://ameblo.jp/hirashige/

いきるりすく

2020年4月15日　第一刷発行

著者　平沼正樹

装画　ダイスケリチャード

装幀　bookwall（村山百合子）

編集　福永恵子（産業編集センター）

発行　株式会社産業編集センター

〒112-0011　東京都文京区千石4-39-17

印刷・製本　株式会社シナノパブリッシングプレス

ISBN978-4-86311-262-9　C0093